閱讀詩經

呂珍玉・林增文
黃守正・王安碩 等著
呂珍玉 主編

本書獲東海大學專任教師教材教具製作費補助辦法經費補助

目次

楊序・「公婆」說的都有理纔是經典

楊晉龍

民國五十幾年不記得在哪部小說裡看到〈秦風・蒹葭〉，就非常喜歡的背下，那時不知道《詩經》是甚麼玩意？民國六十幾年聽了鄧麗君演唱的〈在水一方〉，那時也不知道毛《傳》、鄭《箋》與朱《傳》是甚麼東西？翻翻日記，發現曾經隨興寫了幾句：「綠草蒼蒼雲霧茫茫，美麗佳人你在何方？即使路途艱危漫長，也願涉險到你身旁。綠草萋萋雲霧迷離，美麗佳人為何離去？縱使世事曲折難敵，也要逆世與你相聚。用誠心尋訪佳人足跡，願肩並肩攜手同佇立。」所以《詩經》雖是規範的「經典」文本，但更可以是傳情的「文學」作品。

「經」是平常不可缺少永在長存的規範，「典」是特別重要需要特殊供奉的文本，「經典」就是那類記載恆久不可或缺典範的重要文本。這個解釋當該有人不認同，不認同自然有不同的解釋，然後依然有人不認同，這個不認同可以無窮無盡延續下去，因此光「經典」兩個字的解釋，就「公說公有理，婆說婆有理」，而且個個都可以有理。個個都有理纔是「經典」，沒有僅僅只能一種解釋的「經典」，僅僅只能有一種解釋的是規範違法的「法典」，不是《詩經》這種能令人愉快欣賞的文學「經典」。《詩經》是在讀者愉快欣賞的過程中，達成潛移默化的規範功能，因此《詩經》也可以是讓讀者自願遵守其中恆常規範的「法典」，但不是用恐嚇與刑罰強迫遵循的法律文書。法律文書不能各說各話，《詩經》開放給所有能感動的心靈，各自體驗、各自說話。我創造的「詩經學」研究，就是以歷史上各自的心靈感動為材料，探討《詩經》傳播擴散的詩經學史研究法。

「經典」是載錄恆常規範內容的重要文本，「經學」是研究探討「經典」的學問，規範不在現實中落實，就不能成其為規範，「經學」就是探討如何「致用」以「經世」的學問。「經世」不能「棄世」必須「入世」，唯有「入世」纔有可能「經世」，「經學」因此離不開「人間」。離不開人間的「經學」，自然脫離不了和「人」的種種關係，我把它歸納為「傳承」、「詮釋」和「應用」等三大鼎足而立的關係。考察以往《詩經》學的研究，可以發現最重視的主要是以「詮釋」為主軸，「傳承」和「應用」當作配角或被排除的研究，這樣的研究像缺了兩隻腳的鼎，研究者除了「變」的後代之外，大概都無法確實站立。經學研究因此除了必須落實人間世界及尊重傳統小學的地位外，還要有兩個基本的認知觀點：研究的範圍要重視三足鼎立；內容的詮釋要尊重各說各話。

學姊呂珍玉教授以傳統小學為基礎，在大學開課講授《詩經》，帶領同學佇足在這個既是「經學」又是「文學」的古老園地。同學們懷著心靈綵筆，隨著學姊一同幫《詩經》彩繪，繪出〈國風〉三十九首、〈小雅〉九首、〈周頌〉二首等感動的風景，將《詩經》的詩情畫意，再次的傳播出去。我喜歡這樣人間落實的努力，還有各說各話的情意；更敬佩學姊在研究及教學上的用心與專一，是為序。

楊晉龍

寫於南港「思筠軒」

民國一〇一年七月十五日

季序・以健康優美的眼光悅讀《詩經》

季旭昇

瓊瑤作詞，林家慶作曲的〈在水一方〉：

綠草蒼蒼，白霧茫茫，有位佳人，在水一方。
綠草萋萋，白霧迷離，有位佳人，靠水而居。
我願逆流而上，依偎在她身旁，無奈前有險灘，道路又遠又長。
我願順流而下，找尋她的方向，卻見依稀彷彿，她在水的中央。

歌詞溫柔動人，歌曲婉轉悠然，中文系畢業的人都知道這首歌詞其實是《詩經・蒹葭》的改寫，名家手筆，自是不凡，流傳至今，魅力不減。

所有教《詩經》、《學詩經》、讀《詩經》的人都會有改寫《詩經》的衝動，因為《詩經》太美了！

孔子以六經教人，《詩經》最得後世鍾愛，一則是《詩經》富含文學性，一則是其內容多談情愛。

《文心雕龍・物色篇》說：「灼灼狀桃花之鮮，依依盡楊柳之貌，杲杲為出日之容，瀌瀌擬雨雪之狀，喈喈逐黃鳥之聲，喓喓學草蟲之韻」，所舉的例子全出《詩經》，極盡物色之美。這是文學。

《論語・陽貨篇》說《詩經》的功用「邇之事父，遠之事君」，其實講的就是父子之愛，君臣之愛。其他如〈女曰雞鳴〉「琴瑟在御，莫不靜好」寫夫妻之愛、〈棠棣〉「凡今之人，莫如兄弟」寫手足之愛，溫柔敦厚，五倫盡在其中了，無怪乎最得歷代鍾愛。

讀《詩經》，要欣賞它的美，《詩經》如美人，再美也有一些塵垢，如果眼裡只看到塵垢，又何必親近《詩經》？〈鄭風・風雨〉「風雨如晦，雞鳴不已」，多好的詩！朱熹《詩集傳》說這是淫女「淫奔之時」！〈小雅・白駒〉「生芻一束，其人如玉」，徐稚子引來讚美郭林宗，為儒林佳話，郭沫若卻說這是「中春通淫」之詩。很慶幸，這種解詩讀詩的觀點已經過去了，我們可以用健康優美眼光來「悅讀」詩經、享受詩經！

東海大學呂珍玉老師是我認識多年的好友，她鑽研《詩經》多年，所寫的論文既精且美，我讀了極為欽佩。如今在教《詩經》時，能帶著學生以健康優美的眼光來閱讀《詩經》，修習同學也力逞綵筆，用心撰寫，為《詩經》研讀與欣賞打開一條康莊大道，我讀了以後覺得非常喜歡，認為值得推廣，讓溫柔敦厚的詩教傳諸四方，也讓中華文化的蘊藉典雅永遠流傳！

季旭昇

序於新竹香山

民國一〇一年五月

編序・那年我們曾經如此接近《詩經》

呂珍玉

《詩經》是我國三千年前的詩歌總集，全面反映周人情感、生活、社會、信仰、價值觀等各種面向，詩人以優美的文字，深厚的情感描繪當時人們的生活，展現一幅豐富的生活畫卷，使得這部經書具有文學、社會、歷史、文化、思想等多方面的價值，成為我國文化的寶典。但因時空隔閡，現代人想入其堂奧，必須具備經學、小學、史學、社會學、博物學等多元知識，因而在入其門徑途中，往往望之卻步，不敢前進；甚至徘徊門外，徒嘆宮室之美。

《閱讀詩經》一書的誕生是奇蹟，令人驚嘆和不敢置信！一百學年度上學期大學部三、四年級學生共七十人選修「詩經」課程，第一堂課要學生在黑板上書寫選課原因和對《詩經》的瞭解，學生的選課理由不僅好笑，而且對《詩經》的瞭解也相當粗淺。面對這七十位同學，如何教學？是一項艱難的挑戰。所幸除了固定經常蹺課的幾位同學之外，多數同學是以恭謹認真的態度來學習，每次上課我都能看到幾張渴望多讀幾篇文本的臉，以及不時流露出心領神會的點頭和微笑，這樣的畫面無形中激勵了我，一定要在這一趟《詩經》之旅後，留下一些走過的足跡。

上課選講詩篇主要以〈國風〉為主，每首詩授課分別就經學、文學、歷史、社會、思想、注釋、表現形式等相關問題詳加解說，闡釋多元詩旨形成原因，讓同學接觸紛紜的文本詮釋，以開拓閱讀視野；還精細分析詩篇的文學審美，以培養同學鑑賞作品的能力。在作業方面，以往曾讓同學練習蒐集詩旨異說、標示押韻韻部、名物檢索、背詩、標點原典等等；但經過多年教學觀察，發現中文系同學絕大多數文字流暢優美，想像力豐富，應該開闢一塊園地，讓他們能展現所長，於是想到經典現代化這個重要課題。我鼓勵他們可以張揚個性，盡情馳騁，但不能毫無節制的解放文本，須保存詩篇的本質精神，每人至少撰寫一篇「閱讀詩經」學期報告。此令一下，先在教學網站上掛上示範作品，上課時不斷提示，誇獎同學的好文筆，我自己甚至莫名奇妙的沉醉在完成《閱讀詩經》的期待中，或許將此書贈予同學當畢業禮物，遠比送他們一個背包更具意義。有一次上課，不經意的吐露這樣愉快的感覺，同學們似乎也很振奮，配合度百分之百。又為了達到學生間充分的觀摩學習，發揮學長姊、學弟妹之間垂直關係的學習，後來我又邀約碩博班、碩專班同學也加入寫作行列，沒想到也能獲得他們熱烈的回應，總共收到同學六十四篇作品。學生厲害，老師不敢不厲害，於是我也寫了六篇，合計七十篇，可謂成果豐碩。在作者姓名前我刻意保留同學們的學號，以為紀念——D代表博士班、G代表碩士班，碩專班、S代表大學部、SG代表特別生。以前我總是認為現在的大學生素質愈來愈差，但閱讀同學的作品之後，我完全改觀了。如何就同學所長，讓他們有發揮的空間，應是今後在教學上我應該認真思考的問題。在批改同學的作業時，我只是稍加增刪，儘量保存同學文章原樣。在這裡我看到年輕人可貴的創意，透過新穎的標題，不同的文筆風格，採取文本改寫、文化關懷、文學審美、讀後感觸、古今相通等各種不同的書寫形式，將一部難讀的經典現代化，賦予它現代的價值。當然本書也存在一些客觀上的缺失，例如往往數位同學都寫同一篇，作品容易產生優劣的比較；或者作品過於集中於〈國風〉，這些問題的發生全因本書為學生作業集結而成，以及受限於選講詩篇之故。我希望寫得不好的同學不要氣餒，這只是個開始，經常練習一定會進步；還有許多未閱讀的詩篇，有空繼續完成它。

本書能夠順利出版，實現我對學生的承諾，要特別感謝林慶彰、楊晉龍兩位教授協助央請萬卷樓圖書公司出版，楊晉龍、季旭昇兩位教授撰寫序言勉勵鼓舞，萬卷樓編輯部副總編輯張晏瑞先生和許多朋友在出書過程中辛苦的付出，東海大學專任教師教材教具製作費補助辦法經費補助，以及學生呂思潔撰寫〈三千年前的時光旅行〉，代表同學們閱讀《詩經》的感想。這本書只是我在《詩經》教學所播下的一粒種子，未來我還會繼續播種、耕耘，開闢更多園地。書中缺失和不成熟之處在所難免，尚祈各方博雅君子不吝賜教是幸。

呂珍玉

撰於東海大學人文大樓H五四一研究室

民國一〇一年清明

楔子・三千年前的時光旅行

呂思潔

「睡不著……」雖然為了明天早上的課想早點休息，但不知怎麼搞的，躺了半個多小時，我還是精神百倍。

「……我剛剛收到《詩經》老師寄的信……」原本在使用電腦的室友欣媚聽到我的聲音後，轉頭不鹹不淡說了這句讓我立刻跳下床的話。

「我們要出書了……！」估計她是還在震驚之中無法回復，語氣依然輕輕淡淡，在這個消息從聽覺神經傳達到大腦的五秒間，我也跟她一起呈現當機狀態。

「出書？我們要出書了？要出書了？！」回過神之後，我幾乎要不顧時間尖叫出聲「……我睡著了，在作夢嗎？你打我兩拳看會不會痛？」

然後我抓著她的手在房間裡尖叫亂跳，就這樣亢奮到凌晨兩點……第二天早上怎麼想都覺得很不真實，下課時間還忍不住跑到電腦室去上網確認，事實上，到現在我還是難以置信啊！

當老師提起這個發想，讓同學們以《詩經》為靈感盡情創作，並期許將來能夠集結成書時，我其實還很煩惱該怎麼寫這份學期作業，因為在修這門課之前，《詩經》在我心中的定位還是那種僵硬傳統的「經書」，還記得國小在言情小說裡讀到男主角用〈秦風．蒹葭〉向女主角告白，當時我完全不懂詩意，自然也不懂女主角為什麼怦然心動；之後再讀到〈蒹葭〉是在高中的國文課本上，不過那時為了要應付考試，所以只是拚命要參透每個字義，不敢隨便把備受古聖推崇的經典拉下來任意解釋，直到大三才知道原來可以這麼輕鬆的去讀，其實《詩經》一點也不難，只是因為時代久遠了點，用詞陌生了點，主題內容情節可一點也不迂腐！孔子都說了「詩三百，一言以蔽之，曰：『思無邪』。」《詩經》可單純了，別管《詩序》或朱熹怎麼注解，就只要照著文字，不要有太沉重的包袱去讀去看，自然就讀出味道來了。在課堂上及課後閱讀時，心裡都有很多感觸，把自己最直接的感受，最真實的想法都寫了下來，不知不覺就已經完成了兩篇作品。

閱讀的過程非常開心，《詩經》啊～其實就像一本高格調的八卦雜誌，（當然這純屬個人看法，請古聖先賢別跟在下計較），〈國風〉裡生動的愛情故事，從甜甜的曖昧到追求、我愛你你卻不愛我、父母的阻撓、身分地位的隔閡、大老婆負心漢小三之間的愛恨糾葛……等等，人物鮮明，劇情豐富刺激，絕無冷場，簡直比韓劇還精彩、比偶像劇還讓人心動；不單是美麗的愛情故事，在《詩經》也可以看到有錢人（貴族）家裡的醜聞、偷情實錄等八卦；還有雜誌要是能針對時事說出大家的心聲，更能引起共鳴刺激銷售，所以就會看到爆肝工作的辛苦、被壓榨的過勞員工、對政府的不滿……等等，另外也有勸人向善、孝順父母的勵志故事，記錄先民風俗習慣的史料、還有……啊～內容實在是太多了！說也說不完，各位還是自己去找本《詩經》好好欣賞吧！

白首千年不相棄

〈周南・關雎〉

陳嫻碩

關關雎鳩，在河之洲。窈窕淑女，君子好逑。
參差荇菜，左右流之。窈窕淑女，寤寐求之。
求之不得，寤寐思服。悠哉悠哉，輾轉反側。
參差荇菜，左右采之。窈窕淑女，琴瑟友之。
參差荇菜，左右芼之。窈窕淑女，鐘鼓樂之。

第一次聽到〈關雎〉用歌聲唱出，其實是看了一部《美人心計》，是以漢文帝與竇皇后為主的歷史戲劇。漢文帝與竇皇后伉儷情深，雖結褵數十年仍相愛不變，而有幕場景是漢文帝特地在一個小湖布置成婚嫁喜慶的裝飾，湖中有艘小船，船夫一邊划槳，一邊低聲吟唱著：「關關雎鳩，在河之洲。窈窕淑女，君子好逑。」一聲音沉穩蘊含深厚情感，當下我就深深的被感動了。是甚麼樣狂熱的愛情，讓兩千五百多年前的古人能用淺白的文字與鮮明的畫面，就作出這樣具有深切愛意，傳唱不朽的作品？

「關關雎鳩，在河之洲。窈窕淑女，君子好逑」，小夥子聽見雎鳩的鳴叫，勾起了情思，便想起自己正熱戀著一位河邊採荇的姑娘。雎鳩又叫魚鷹，也就是俗稱的鶚。我大約十二年前左右，和家人遊經桂林灕江時，有幸見識到魚鷹。當時我年紀很小，不知道這就是被世人吟誦千年名句的主角雎鳩，當地的漁人馴養牠，讓牠幫著打漁。牠站在竹筏上不動，眼神銳利的盯著江面，不久後飛起盤旋，猛地俯衝而下，接近江面時瞬間用尖嘴叼起一尾魚，動作流暢敏捷十分迅速，當時遊艇上的旅客紛紛喝采，那個畫面深刻的烙印在我心中，許久之後，我才知道牠就是大名鼎鼎的雎鳩。閱讀〈關雎〉這首詩時，隻字片語對我來說一點都不陌生，活脫脫是當年灕江的風貌。河中的小沙丘上，有雎鳩鳴叫著；打漁的青年和岸上的女子互相唱和，江水兩畔藻荇交錯。有人說：「灕江是一首詩，一首讓人一見鍾情的愛情詩。」對於遊客來說，在如詩如畫的灕江伐舟，伐的是一種情趣，看的是一幅水墨畫，念的是一份脫俗的心境，讀的是一首古詩。」韓愈曾作：「江作青羅帶，山如碧玉簪」來讚美灕江，我則認為〈關雎〉再適合不過。

我曾想過為什麼作者要用雎鳩作詩呢？為什麼雎鳩的鳴叫聲會讓他想起熱戀

中的女子？我看到資料說雌、雄魚鷹一旦建立夫妻關係，便會年復一年地用同一個巢穴，很少有離婚的現象發生，且絕大多數魚鷹都是一夫一妻制的狀態，除雌多雄少時，也偶爾會產生一夫二妻制的情況。連禽鳥都能有一夫一妻制，且幾乎不離婚的習性，牠們的一生就只有一個伴侶，這是多麼美的動物習性啊！我們的先人或許就是發現了這點，才會由牠們的叫聲，聯想到自己的愛人，藉由牠們的鳴叫，也期許自己和所愛之人如魚鷹一般，白首不相棄。

我們總說「外國的月亮比較圓」，得不到的東西永遠是最好的，而人生最痛苦的莫過於求又求不得，因為殷切的期盼，而導致寤寐求之，進而寤寐思服，進而輾轉反側。美通常伴隨著一點哀愁，或是一點殘缺，然而這正是凸顯它美的特點，〈關雎〉便是美在它的「求不得」。但是愛情就是使人激發出「除卻巫山不是雲」的傻勁，因此仍願「琴瑟友之，鐘鼓樂之。」

張小嫻說：「愛情和情歌一樣，最高境界是餘音嫋嫋。」而〈關雎〉一詩現在在中國湖北的房縣，仍被小鎮居民傳唱著，甚至被改編成民歌：「關關雎鳩往前走，在河之洲求配偶，窈窕淑女洗衣服，君子好逑往攏繡，姐兒羞得低下頭……」，當地的居民家中若有老人去世，甚至會請人唱《詩經》中的〈蓼莪〉來作為祭文。

「關關雎鳩，在河之洲。窈窕淑女，君子好逑……」在中國這片土地上亙古流傳，從塞外的大漠孤煙直，到江南的小橋流水人家，淺斟低唱了千年的歌謠，歷久彌新，只要世間仍有愛情，我想這古老卻又真切的情愛，會永遠傳唱下去。

思念已化於無形之間

〈周南．卷耳〉

施語菡

采采卷耳，不盈頃筐。嗟我懷人，寘彼周行。
陟彼崔嵬，我馬虺隤。我姑酌彼金罍，維以不永懷！
陟彼高岡，我馬玄黃。我姑酌彼兕觥，維以不永傷！
陟彼砠矣，我馬瘏矣，我僕痡矣，云何吁矣！

「採卷耳，採卷耳，半天也採不到一淺筐。掛念著我的意中人，把淺筐放在大道旁。」

「爬上那座石山，我的馬已腿酸。斟了滿滿的金杯酒，借酒澆愁。」

「爬上那座小山崗，我的馬已受傷。斟了滿滿的犀杯酒，借酒澆愁。」

「爬上那座小土山，我的馬疲憊不堪。我的僕人也步行艱難，何時才能不長嘆！」

此詩的故事主線是敘述一位妻子對出門遠征丈夫的情感，自古多以紅豆來表相思。腦海中依稀記得國小時期背誦的「紅豆生南國，春來發幾枝。願君多采擷，此物最相思」，如今現代歌手王菲經典歌曲，也稱作「紅豆」，每當音律在耳邊迴響起時，依舊可以琅琅上口：「還沒為你把紅豆熬成纏綿的傷口，然後一起分享，會更明白，相思的哀愁……」，但讀過〈卷耳〉此篇章，原來相思也可以如此恬淡的融入生活中的步調，為何要用卷耳比喻呢？或許隨處可生的卷耳，是象徵著這份相思的情意，遍佈著她的心思，她的生活。

每當她在摘採卷耳時，那一摘取枝葉的動作，再放入提籃之中，為何卻始終不能填滿籃子？不禁使人聯想這位女子每當彎腰摘取卷耳的時候，她的思緒總在這片刻遺失了自己，跑到了遙遠的另一端，思慕之人的身邊，心想著此刻的他是如何的心境，他又有什麼樣的獨白：「我駕著馬爬上了山坡，牠卻已疲憊不堪，只好斟一杯滿滿的酒，以解心中的憂愁……」，女子宛如偷偷依附在他身上的一片卷耳，一路隨行著。

〈卷耳〉是一首思婦詩，一共四章，首章描寫女子思念其丈夫，接著是揣摹丈夫思念自己的心情，對方勞苦的情況。這是一種借彼思己從對面設想的寫作形式，有讀者不瞭解這樣的寫作方法，而將它看成是由兩首詩誤合為一，這樣的讀詩，只是簡單的從結構觀察，未能深體詩人寫作的巧思。

當戀著一個人的時候，巴不得聚多離少，愛情中總有許多面孔，遍嚐每一次愛情的甜蜜與艱辛，或許最讓人把眼淚珍藏在心中的是「我就站在你面前，你卻不知道我愛你……」，好似席慕蓉那首〈一顆開花的樹〉：「陽光下慎重地開滿了花，朵朵都是我前世的盼望，當你走進請你仔細聆聽，那顫抖的葉是我等待的熱情，而當你終於無視地走過，在你身後落了一地的，朋友阿，那不是花瓣，是我凋零的心……」世上的曠男怨女，總在一次次的心酸感嘆之後，才能終於瞭解。

相思的情愫，可比自由靈魂的枷鎖，在戰爭或者丈夫遠行在外，同時也有許多的作品描寫思婦的心情，例如李白的〈玉階怨〉、張仲素的〈秋閨思〉、王昌齡的〈春怨〉、李商隱的〈無題〉二首……等等。宮廷裡也不例外，才有所謂的宮怨詩。偉大的愛情，割捨不下的思念，就如同卷耳一片片的慢慢滋長著，想必愛已無形的融入女子的生活中，心中的酸甜總是無時無刻，這樣的愛情才叫人最刻骨銘心。

一份對家族與孩子的關愛
〈周南．螽斯〉

楊毓民

螽斯羽，詵詵兮。宜爾子孫，振振兮。
螽斯羽，薨薨兮。宜爾子孫，繩繩兮。
螽斯羽，揖揖兮。宜爾子孫，蟄蟄兮。

〈螽斯〉藉由螽斯的各種情狀來表達對人的祝福之意，至於是表達怎麼樣的祝福呢？《詩序》：「〈螽斯〉，后妃子孫眾多也。言若螽斯。不忌妒，則子孫眾多也。」言若螽斯因為「不忌妒」才能子孫眾多，同時也是以螽斯的這種品格來作為后妃的榜樣。從這種理解方式，也可看出古人對於子孫滿堂的期望。然而方玉潤在《詩經原始》說：「其措詞亦僅借螽斯為比，未嘗顯頌君妃，亦不可泥而求之也。讀者細詠詩詞，當能得諸言外。」螽斯只是一種昆蟲，「不忌妒」這種美德是怎麼得來的，全為漢儒以道德教化詮詩之產物。然而更特別的是，如戴震所言：

「〈螽斯〉，亦下美上也。」認為詩中螽斯是指蝗蟲，《說文》：「螽，蝗也。」〈螽斯〉是以害蟲來頌揚貴族子孫眾多，為什麼要以害蟲比喻一件美好的事呢？

若著重於蝗蟲的特性來思考，應能理解詩人取譬蝗蟲多子、繁殖力強、群居、適應力強，具備這些特質在《詩經》時代的農業社會是極重要的條件。從事農業生產需要大量的勞動人力，因此子孫滿堂也是象徵這個家庭能夠富足的條件。本詩借著詵詵、薨薨、揖揖來描述蝗蟲眾多且會聚在一起，同時振翅的景象來表達「多」的意思，並以此期許子孫能夠振振兮、繩繩兮、蟄蟄兮，能像蝗蟲一樣眾多且綿延不絕。

中國傳統社會裡很注重「傳宗接代」，孟子「不孝有三，無後為大」更是道出這個觀念。所謂不孝，分別為阿諛曲從，陷親不義。家貧親老，不為祿仕。不娶無子，絕先祖祀。人會怕死，但中國人更怕死後無人祭祀，成為孤魂野鬼。所以希望子嗣眾多，除了年老時有人可以奉養自己，同樣也是為了死後在另一個世界的生活能夠多一分保障。因此要是沒有生養孩子，不只是無法多一雙手下田，年老時會孤苦無依，更是讓自己的祖先冒著在另個世界受難的風險。

近代生產技術進步，不必像過去仰賴大量人力才能填飽每個人的肚子。社會觀念也跟著開放起來，有沒有成家生子已經不再是那麼必要的人生功課。有人選擇做單身貴族，有人還是結婚，但不生小孩，以維持只屬於兩人的生活。「螽斯衍慶」已經悄悄地退出吉祥話的名單，〈螽斯〉那份祝人多子多孫的含意似乎變得多餘、可笑。但是回過頭來想想，〈螽斯〉所代表的，其實就是一種對生活的期望，一份對人的關懷，最重要的是對家族、對孩子的關愛。就因為有家人互相扶持，人才可以克服種種風風雨雨，因為對孩子的呵護，生命才得以延續。由此可見，便能明白為何〈螽斯〉的美能夠經歷千年而不衰，至今仍在散發它人性的光輝。

是你，讓我不枉此生
〈周南．漢廣〉

吳楚敏

南有喬木，不可休思。漢有游女，不可求思。
漢之廣矣，不可泳思。江之永矣，不可方思。
翹翹錯薪，言刈其楚。之子于歸，言秣其馬。
漢之廣矣，不可泳思。江之永矣，不可方思。
翹翹錯薪，言刈其蔞。之子于歸，言秣其駒。
漢之廣矣，不可泳思。江之永矣，不可方思。

生命的一切，似虛似無，讓人患得患失。你以為抓住了，卻不曾擁有；你以為失去了，卻早已烙在心中。

把「得到」認為是理所當然，到「失去」才始知珍惜，無他，不過人之常情罷了。只有「得不到」才是永恆，才會讓人牽掛、讓人回味，讓一段只有你和伊人的回憶歷久常新。這樣的淒美才會萬世不滅。

這是《詩經・周南・漢廣》最美、最扣人心弦的原因……

詩人以「喬木」之「不可休」、「漢廣」之「不可泳」起興，娓娓道出「游女」可望而不可求。換個角度看，以喬木高聳且枝葉不多，故「不可休」；漢江廣闊，故難渡，由此暗示「游女」有別於世俗女子，故難得。「游女」處於非唾手可得之地，讓人愈望而愈想得之。

「翹翹錯薪」，樵夫獨想取「其楚」，以「錯薪」喻天下女子之多，而其欲取其中之高潔者——「游女」。跟〈關雎〉那因「求之不得」而「輾轉反側」的君子相比，樵夫顯然是個性情中人。請閉上眼睛，用心去看、去感受他對「游女」那發自內心的欣賞，感受他埋藏在心底那份含蓄的溫柔。

樵夫以「言秣其馬」、「言秣其駒」謙虛地道出心意，承諾「游女」出嫁之時，他會把馬匹餵好。詩中沒有明言「游女」將嫁誰人，然樵夫的承諾似是表示自己願意在「游女」身邊，為她做點甚麼。難道這還感覺不出樵夫用情之真摯嗎？他縱有想與「游女」結婚之意，卻從未敢高攀，更沒有試圖展開激烈的追求行動，只是不求回報地守着她。

樵夫對游女心生愛慕，隔著迷離惝恍的江漢之水，唱出他的癡心妄想，一片情思隨江漢之水而逝，雖然對方不知情，但他一往情深，無怨無悔深愛著對方。這樣，比李義山的「此情可待成追憶，只是當時已惘然」的曾經擁有，反而來得更淒美、更純情，不是嗎？

思而不可得是苦的、澀的，甚至痛徹心扉。然而，我深信，五十年後，白髮蒼蒼的老人驀然回首，必定會感激那個人，感激那個曾經出現在他生命裡，至少讓他默默愛過、默默守護過，讓他覺得不枉此生的人。

爲什麼我會愛上妳

〈周南．漢廣〉

蔡欣媚

南有喬木，不可休思。漢有游女，不可求思。
漢之廣矣，不可泳思。江之永矣，不可方思。
翹翹錯薪，言刈其楚。之子于歸，言秣其馬。
漢之廣矣，不可泳思。江之永矣，不可方思。
翹翹錯薪，言刈其蔞。之子于歸，言秣其駒。
漢之廣矣，不可泳思。江之永矣，不可方思。

戀愛有好多難題，單戀便是其中一種。

有些東西穿越了時空，古今皆然。兩千五百年前，我們的祖先就是這樣深深地陷在愛情的泥沼裡：〈漢廣〉一詩講的就是一個單戀著美好游女的樵夫。以南方喬木高大不可息於其下、漢江之廣不可泳渡二事起興，寫游女美好卻不可追求之，愛而不可得的情感。

「漢之廣矣，不可泳思。江之永矣，不可方思。」一組四句在每章末段疊章複沓，反覆詠歎，詩人這樣一遍又一遍地唱著，就好像在訴說樵夫和他所愛的游女之間有著和漢江一樣深而廣的鴻溝，令人聯想起一年一會的牛郎和織女之間橫著的浩瀚銀河，看著、想著，只不過是一水之隔啊，卻怎麼樣也越不過去的深深悲哀。

有一首很喜歡的歌，歌名叫「**Why did I Fall in Love with You**」（東方神起），是一首日文歌，歌曲中的故事，講的是一個男人從未敢跟自己喜歡的同窗女孩子告白，並理所當然地認為他們會一直像朋友一樣，不管做什麼都會待在一起，直到女孩結婚，在婚禮上他才驚覺這一切已無可挽回：

具有特殊意義的今天　幸福洋溢的今天
以美麗模樣在上帝前發誓的妳
站在並非我的那人身邊　接受祝福的模樣
我該如何目送這一切呢？（中譯歌詞）

MV（Music Video）中，他站在賓客行列裡，灑著花瓣，對著女孩說「恭喜」

的畫面，就像是〈漢廣〉裡那個癡傻的樵夫：「她結婚，我為她餵馬。」讀到這邊，令人忍不住想把書摔在那個樵夫頭上罵他一頓：「她結婚你餵馬，你是新郎嗎你？」這樣癡傻的形象真的讓人想大罵他是笨蛋，卻也深深地為他感到心疼……

青春年華似水流

〈召南．摽有梅〉

郭婷瑋

愛情從古至今，都是人們一直在追尋探索的事，有些人嚮往愛情，有些人渴望愛情，有些人需要愛情，「情」這個字，虛無縹緲，卻又是多數人在追求的，古代的中國社會，女子十五歲時有所謂的「笄禮」，也就是成年禮，在經過成年禮的洗禮後，就是個待嫁中的女子，是可以嫁為人婦的年齡，在當時的觀點裡，男大當婚，女大當嫁，而過了及笄之禮卻遲遲苦無對象的女子，就會開始擔心自己年華老去，而開始心急，與現今許多不婚主義者的立場有大大的不相同。

〈召南．摽有梅〉就是在敘說著這麼一個女子：

摽有梅，其實七兮。求我庶士，迨其吉兮！

摽有梅，其實三兮。求我庶士，迨其今兮！

摽有梅，頃筐塈之。求我庶士，迨其謂之！

以漸層的手法描寫女子急於出嫁的心理，以梅子成熟的情形，說明女孩子的青春易逝，第一段描寫著梅子已熟，有三成都落到地上，還剩七成在樹上，趕快來採摘吧，表示女子已到了十五、六歲的適婚年齡，希望有意思的男孩快點出現，「有花堪折直須折，莫待無花空折枝」，第二段寫樹上梅子只剩三成了，再不採摘就要沒有了，由此可猜測女子可能十七、八歲了，年歲已逐漸增長，卻遲遲未有對象，讓人心急，到了最末段，梅子都已熟透落地了，表明女子已超過適婚年齡，對於未來丈夫的期待已經全部掏空，只要有對象就好，迫於當時的社會觀感，女子的焦灼急切之心，顯而易見。而古詩十九首也有這麼一首詩「傷彼蕙蘭花，含英揚光輝；過時而不采，將隨秋草萎」，用象徵手法描寫女子擔心年華老去的傷感，希望自己在青春洋溢時出嫁，女孩子纖細敏感著急的心理，讓人替她心急，這正是所謂的「摽梅之憂」啊！

現今女性的想法，隨著時間，隨著時代的變遷，也為之改變，記得前些年紅及一時的偶像劇「敗犬女王」，讓「敗犬」這個詞，突然被熱烈的討論了起來，這個詞是從日本作家酒井順子所寫的《敗犬的遠吠》這本書而發展出來的，敗犬的意思是「美麗又能幹的女人，年過三十，卻無子嗣」，年紀的增長，思想也隨著成熟，就算未婚，也可以將生活過得很精彩，可以自由的追逐自己所想要的目標，或許渴望愛情，但是那並不佔人生的全部，這個世界還有很多東西等著我們去嘗試和讚嘆。反過來看古代的女子，不免令人同情，出生後似乎保有的期望就是嫁到一個好夫君，擁有一個好婆家，在十六歲身心思想都尚未成熟的階段，開始要煩惱的竟是自己未來是否能順利出嫁，這與現今的十六歲女孩比起來，真的差太多太多了，當我們在與朋友談天說地，當我們在享受青春時，古代的女子可能已經嫁為人婦，洗手做羹湯了，正青春洋溢的年紀，卻只能安份的做著自己份內的事，還沒去摸索自己的人生，就已經被圈在一個框框裡，無法跳脫，我想，這真是古代女子命運的悲哀。

《詩經》中還有另一篇〈邶風‧谷風〉內容敘述一個遭丈夫遺棄的棄婦，哀嘆自己年華衰老，而丈夫卻另結新歡，沉浸在新婚的喜悅中，跟棄婦的哀淒痛苦成了強烈的對比。這篇作品中有提到了，一開始這對夫妻，是互相扶持、打拚的，妻子一直是丈夫最好的左右手，將家裡的事情有條不紊的打理好，讓丈夫無後顧之憂，但在一切辛苦努力後，換來的卻是丈夫的遺棄，這個結局，應該是當初都沒有想到的，在詩句中，棄婦提到了，自己的青春都耗在幫忙丈夫撐起家業，卻未發現，自己也逐漸衰老，沒有想到，這竟成了丈夫遺棄她的原因之一，這實在諷刺，當初的辛苦全部在一瞬間化為烏有，得到的是這樣狠心的對待，而在當時，男女的地位不平等，女子的苦，只能往心裡吞，所流的眼淚，無人知曉，對於女子的可憐遭遇，抱有無限的同情。

從這兩篇作品來看，女子在當時的社會，好像成了男人的附屬品，沒有自我，這與現今女子比較起來真的是差了千萬里，現在的社會強調男女平等，女性的自我意識逐漸提高，學會了去保護自己應有的權利，和該有的尊重，而古代女子，受了委屈，只能苦苦忍著，就算有再多的不服，因為社會觀感，和當時對女子的歧視，漸漸的成了會說話的啞巴，因為多說多錯，倒不如什麼都不說了，安安分分的過生活，就算受了不平等的對待，也學會要接受這殘酷的現實，而現在能主動發聲，追逐自我的女性，真的是幸運的，最起碼，可以掌握自己的人生，追求自我夢想，不被其他的事情左右而受限制，就這點來看，真的要感到知足。

莫待無花空折枝

〈召南．摽有梅〉

吳亭諭

中唐時期的女詩人杜秋娘在深宮內所寫下的金縷衣：「勸君莫惜金縷衣，勸君惜取少年時。花開堪折直須折，莫待無花空折枝。」的詩句，或許就最適合〈摽有梅〉的情境了。詩句中的句句箴言，都是出自於杜秋娘的肺腑之中，乃是她自己本身的故事。

杜秋娘的一生坎坷，年輕時因為才華美貌，被江南節度使李錡看上，而被買入當做歌舞姬，在這時候〈金縷衣〉就因此而誕生了，而且是她的即時創作曲，由此可以看出她的填詞作曲功力，是如此的令人為之驚艷。從此以後，李錡就因為愛上這首曲子的內容，而愛上了這位才華佳麗。但是好景不常，李錡因為舉兵造反而被處死，杜秋娘也因此被遣送入宮。進入宮中後，由於她的國色天香，一下子就被當時的皇上唐憲宗看上了，納入宮中並封為「秋妃」，可惜唐憲宗英年早逝；接位的唐穆宗也深深的愛上她，由此可見她的姿色、才華迷人到何種程度。之後穆宗又辭世了，換敬宗上任，之後又換文宗，後來因為宰相宋申錫政變失敗，杜秋娘雖然被牽連到了，但是仍然能夠保住性命，而遷回故鄉終老。

一生中，杜秋娘服侍過一位節度使，四位皇上，雖然她出身微弱貧賤，卻憑著天生麗質，又聰明好學，以及不向命運低頭的毅力，創造出屢次的奇蹟。杜秋娘因為〈金縷衣〉，而改變了她的一生，詩句道出：勸君不要愛惜你那用金色絲線編製成的金縷衣，勸你要愛惜少年的大好時光。青春就像含苞待放時的可愛，當美麗的花朵可以攀折時，就該把握時機攀折它，莫待花凋謝了只好去攀折樹枝啊。

可以明顯的看出時光的寶貴，青春不再，不要浪費好光陰在沒有意義的事物上。在〈摽有梅〉詩中，也可以看出這樣的涵義在：

摽有梅，其實七兮！求我庶士，迨其吉兮！
摽有梅，其實三兮！求我庶士，迨其今兮！
摽有梅，頃筐塈之！求我庶士，迨其謂之！

梅子是春天成熟的水果，在暮春之時，就開始紛紛墜落，一位在梅樹下面的女子，看著看著，也慢慢的感傷出自己的青春流逝，曾經的自己，青春年華，眾人追求，但是卻因為自己的眼光高，而一度的錯失掉許多良機。

樹上的梅子愈掉愈少，就像她的青春歲月一樣愈來愈流失，卻還是找不到一個可以依靠的肩膀，好好的寄託下半輩子，讓她備感淒涼交迫，只希望那些曾經被拒絕的人能夠不嫌棄的再回來娶她，從她要良辰吉日，到趁今天這個時候，只要開口就可以，如此的層層遞進，代表著自己情意很急迫，想要讓自己不要婚期遙遙，只希望能夠有好的歸宿。如此大膽的求愛詩，雖然看似用梅子來譬喻是很委婉，但是卻可以看出此女的豪放。

詩詞中可以看出原本的姑娘本來毫無意中人，其實她是在向整個男性世界尋覓、催促，呼喚愛情。然而青春是無價，流光易逝。正所謂的「真正的青春，貞潔的妙齡的青春，周身充滿了新鮮的血液、體態輕盈而不可侵犯的青春，這個時期只有幾個月。」所以在這樣慢慢的浪費掉了許多的青春。如今樹上的梅子黃熟了，姑娘的嫁期也將盡，但是仍夫婿無覓，怎能不令人情急意迫！青春流逝，以落梅為比。「其實七兮」、「其實三兮」、「頃筐塈之」，由繁茂而衰落，這也正是一遍遍的在提醒「庶士」：「花開堪折直須折，莫待無花空折枝啊！請不要讓我的青春就這樣像是梅子熟落掉了一地。」

這就讓我想到我曾經看過的賣油郎獨占花魁，文中的王美娘，因為要尋找父母親因此流落到妓院裡面，本來是不服從的，但是最後也被說服了，在紙醉金迷中度過了她的人生，跟摽有梅中的姑娘一樣，雖然身邊圍繞著許多的庶士，可惜都沒有讓他感覺到心動或是想要讓自己安心的寄託於他，時間流逝中，也過了幾年，才真正的遇上了賣油郎——秦重，他的真心、純樸、孝順、忠厚老實、溫柔細心、耐心、有志者事竟成的積極態度，又加上他沒有非分之想，而且不要求回報。因此他獨占花魁，不僅是身體，還包括心靈上讓美娘感受到這份真誠。

我常常在想，如果美娘沒有遇到秦重，那他是不是也是要當個人老珠黃的女人了，自己要這樣跟很多男人虛度一生，沒有讓自己能得到最真誠的心靈上的幸福了。

看過了許多的例子，像是北朝民歌〈折楊柳枝歌〉「門前一株棗，歲歲不知老。阿婆不嫁女，那得孫兒抱」，《牡丹亭》中杜麗娘感慨「良辰美景奈何天」，和《紅樓夢》裡林黛玉嘆惜「花謝花飛飛滿天」，這些都是女子心中渴望被愛的心情，摽有梅真可以說是這些詩詞的先祖，讓許多不敢勇敢表達愛意的心情，更真情流露了。

年華似水，摽梅之憂

〈召南・摽有梅〉

梁維珊

初唐詩人劉希夷〈代悲白頭翁〉一詩寫到「年年歲歲花相似，歲歲年年人不同。」一花開花落，隔年依舊，然青春易逝，回首觀見歲月鑿痕，徒增多少傷悲！〈摽有梅〉一詩分成三章，以樹上梅子成熟的過程喻青春年華的流逝，透過層遞的方式娓娓道來，不只反映女子急於求士的心情，同時傳遞出「女大當嫁」的傳統觀念。這首詩是這樣寫的：

摽有梅，其實七兮；求我庶士，迨其吉兮。
摽有梅，其實三兮；求我庶士，迨其今兮。
摽有梅，頃筐塈之；求我庶士，迨其謂之。

正逢適婚年齡的女子，對於男女之情，豈無憧憬？又怎不盼覓得良緣？黃梅熟透，落地三分，樹上果實還有七成，女子要有意追求她的眾士們，可要把握良辰吉日啊！面對眾多的追求者，尚有選擇。光陰荏苒，一轉眼，樹上果實剩三成左右，女子的心情不免有些動搖，要有意向她求婚的眾士們趁現在追求她，期盼早日找到中意的情郎。直到黃梅完全成熟，紛紛落地，面對盈滿竹簍的梅子，急婚的女子要中意她的眾士們不及備禮也無妨，趕緊前來開口求婚吧。遲婚女子抱持著一絲渺茫的希望，盼能覓得幸福的歸宿，複雜的心情自是難以言喻。三章層層遞進，女子的自怨自歎、急切之情更是溢於言表。

過去認為「男大當婚，女大當嫁」是天經地義的事，傳統婚姻受禮教所束縛。而今處於轉變如此快速的多元社會，「女大當嫁」的觀念也逐漸轉變為「女大必當嫁？」的思索與質疑。〈摽有梅〉一詩中，遲婚女子急切求婿的心情，對比現今身處在這個提倡自由戀愛，且女性主義、單身主義盛行的新世代，面對適婚年齡的到來，單身女子未必迫切覓得情郎，晚婚趨勢越來越普遍，甚至有不想被婚姻綁住，認為單身能享受獨自一人自在的生活，度過自己真正想要過的人生而不婚的觀念。相對仍會為此事感到迫切焦慮的多半是父母，憂心女兒會不會沒有可以相互扶持一生的伴侶？適婚年齡到來，不趕緊覓得良緣，往後的依靠何在？……為子女的終身大事而有種種顧慮的長輩，認為婚姻不再是人生的必修課，所以選擇不婚不嫁的熟男熟女，不僅反映社會的普遍現象，同時也顛覆過去傳統的價值觀。

儘管當代對婚姻的看法與過去已有所差異，但〈摽有梅〉一詩透過疊章複沓的形式，以梅之熟落喻女子青春易逝，層層遞轉，將女子之情表露無遺。無論最後的結局何如，終究，梅因四季而熟落，人隨年華而老去。在時間不斷的推移之下，究竟，有什麼是留得住的呢？

花開花謝，似水年華

〈召南．摽有梅〉

黃敏慈

對於女人，我們大概都知道，她的年齡與搶手度成反比，她的容貌也與她的年齡成反比，就像朵花般，從發芽到開花，經歷了最美的過程，然後凋謝。從女孩蛻變成女人，她漸漸走向青春歲月的高峰，然後像顆氣球，在吸飽了空氣後，歲月就如氣球裡的空氣一樣，隨時間的流逝而慢慢的吐出，慢慢消逝，然後變成一團乾癟的塑膠皺褶。

〈摽有梅〉一詩率先以花木的生命週期來比喻女子青春歲月的流逝。

摽有梅，其實七兮；求我庶士，迨其吉兮！
摽有梅，其實三兮；求我庶士，迨其今兮！
摽有梅，頃筐塈之；求我庶士，迨其謂之！

詩中的主角是一遲婚的女子，到了及笄之年，卻仍未出閣，因而以梅子自喻。首章中，她大聲疾呼，自己已如成熟之梅子，雖然已成熟多時，落了將近三分的果實，但別擔心樹上仍有七分多的果實等著摘採，她呼籲想追求她的男子們，要趁著良辰吉日，趕快行動呀！到了次章，隨著時間慢慢的流逝，樹上的果實也一一掉落，她再次的呼告那些想追求她的男士們，樹上果實還有三分，要趕快趁現在來追求我。此時的女子已不再顧念是否是良辰美時，只希望找到一位可以依靠託付的男子即可。到了末章，「頃筐塈之」不得了了，樹上果實不知不覺的落滿一地，女子再也等不及了，只求「謂之」，就算來不及備禮，沒有趕上良辰吉日也沒關係，只要男子有心開口，女子都會答應。

詩中女子的態度隨著梅子漸漸的成熟而有不同的改變，其實這透露著女人的年齡是很大的一個關鍵。古代人早婚，女子大多及笄就出嫁，過了雙十還未嫁，用現代流行語來說叫做「超級剩女」，剩下來的女人，有那種別人不要的意味在，無論在古代或現代，都是件叫人焦慮懊惱的事。

在這篇詩中較吸引我注意的是，作者以梅果成熟的狀態來譬喻女子的青春，這樣的一種譬喻算是很貼切，很形象的概括了。而且〈摽有梅〉一詩還以花木成長來譬喻女人生命週期之始，這種以草木喻人的寫法普遍影響後來的詠物詩作，像是南朝清商曲〈子夜四時歌〉：「梅花已落盡，柳花隨風散。嘆我當春年，無人相要喚。」北朝〈折楊柳枝歌〉：「門前一株棗，歲歲不知老。阿婆不嫁女，那得孫兒抱？」詩中物即是人的投射，借物的形象來曲折傳情。

當然，對於女子的青春易逝的描繪，並非古人專利。現代人對於這個議題，也是非常有興趣的。筆者就常在網路的論壇中，看到一些與女子青春歲月相關而且很有趣的內容，其中令我印象最深刻的是一段以「球」來形容女子搶手程度的譬喻：

二十歲的女人像橄欖球，有三十個人拚命地搶，你撕我拽他奪；三十歲的女人像顆足球，仍有二十二個人在場內賣力地追，你爭我帶他斷；四十歲的女人像顆籃球，還有十個人在場中使勁地爭，你封我蓋他堵；五十歲的女人就像沙灘排球，尚有四個人努力在場中鬥著，你要我搶他托；六十歲的女人像乒乓球，只剩兩個人在相互的磨，你推我擋，你來我往；七十歲的女人像高爾夫球，崇拜者只剩一人，而且還要一杆子打得愈遠愈好。

這譬喻非常的精闢與生動，絲毫不輸給經典的〈摽有梅〉。

不過，雖然用來譬喻女人年華的喻依很多，但我最喜歡的還是〈摽有梅〉所開創的先例——以花草樹木的生命來譬喻女人的青春年華。我認為球類這種無生命的東西，其實本身就無法與花草樹木這些有形有能量有生命的東西比較，更何況，有生命的花草樹木有枯謝後歸於塵土的意象是很美的，不是有這麼一句詩：「化作春泥更護花」嗎？我認為女人最美的地方也在此，她用她的一生來護衛她所珍視的，可能是子女、家人，也可能是夢想，但因為她努力，這對一個女人來說，她展現了生命最美的那一面，所以也成為我最喜歡的原因。

酒矸倘賣嘸

〈召南・小星〉

黃敬文

酒矸倘賣嘸　酒矸倘賣嘸
酒矸倘賣嘸　酒矸倘賣嘸

這是一首家喻戶曉的歌，也是電影「搭錯車」（1983年）的插曲，收錄於「搭錯車」電影原聲帶中，原聲帶由蘇芮擔綱演唱。

嘒彼小星，三五在東。肅肅宵征，夙夜在公。寔命不同！
嘒彼小星，維參與昴。肅肅宵征，抱衾與裯。寔命不猶！

《毛詩序》云：「〈小星〉，惠及下也。夫人無妒忌之行，惠及賤妾，進御於君，知其命有貴賤，能盡其心矣。」姚際恒《詩經通論》云：「章俊卿以為『小臣行役之作』。此詩為兩章，每章的前兩句主要是寫景，但景中有情；後三句主要是言情，但『情中也附敘事』，所謂情景交融也。」

第一章之前兩句云：「嘒彼小星，三五在東。」姚際恒所謂：「山川原隰之間，仰頭見星，東西歷歷可指，所謂戴星而行也。」征人繁忙奔走的時候，為了趕行程，都選擇在淩晨上路。忽見小星，三五在天，睡眼惺忪，初亦不知其星何名也。言在東者，東字與公、同趁韻，不必定指東方。第二章云：「嘒彼小星，維參與昴。」征人在睡夢才甦醒，故初見晨星，不知何名。繼而察以時日，然後知其為參星與昴星。第一章只言小星，三五在東，不言星名；第二章既說小星，又說乃參、乃昴，這就是詩分章次的道理。詩雖寫景，而情亦隱見其中。

詩之每章後三句主要言情者，第一章云：「肅肅宵征，夙夜在公。寔命不同。」「夙夜」舊釋「早夜」，「日未出，夜未盡，曰早夜」。夙夜或早夜都不是兩字平列，而是上字形容下字的偏正結構。征人天不明即行，可見其不暇啟處，忙於王事。〈北山〉詩云：「或燕燕居息，或盡瘁事國；或息偃在床，或不已於行；或不知叫號，或慘慘劬勞；或棲遲偃仰，或王事鞅掌；……」從此可見同為「王臣」，同為「職司」，工作並不相等，遭遇並不相同。第二章後三句云：「肅肅宵征，抱衾與裯，寔命不猶。」「夙夜在公」是「抱衾與裯」之因，「抱衾與裯」是

「夙夜在公」之果。文心極細，章序分明。征人之「不已於行」，較之「息偃在床」者，不是「寔命不猶」嗎？寫役夫之悲，詞情並茂。

此詩是位卑職微的小吏，對自己日夜奔忙的命運，發出不平的浩歎。為小人物發出憤憤不平的心聲，這亦是顯現階級高低貴賤差別之實情。以此詩譬喻當代社會，就如同公司裡守本分盡心盡責的小職員，為求三餐溫飽只能吞聲忍氣，面對那些花錢如流水的大老闆，難免有不平之氣。

我以「酒矸倘賣嘸」作為此詩的心聲，「酒矸倘賣嘸」這首歌亦是在表達社會中小人物的心聲：

酒矸倘賣嘸　酒矸倘賣嘸
酒矸倘賣嘸　酒矸倘賣嘸
多麼熟悉的聲音　陪我多少年風和雨
從來不需要想起　永遠也不會忘記
沒有天哪有地　沒有地哪有家
沒有家哪有你　沒有你哪有我
假如你不曾養育我　給我溫暖的生活

假如你不曾保護我　我的命運將會是什麼
是你撫養我長大　對我說第一句話
是你給我一個家　讓我與你共同擁有它
雖然你不能開口說一句話
卻更能明白人世間的黑白與真假
雖然你不會表達你的真情
卻付出了熱忱的生命
遠處傳來你多麼熟悉的聲音
讓我想起你多麼慈祥的心靈
什麼時候你才回到我身旁
讓我再和你一起唱
酒矸倘賣嘸　酒矸倘賣嘸
酒矸倘賣嘸　酒矸倘賣嘸

《搭錯車》此乃臺灣一九八三年以臺北信義路眷村為背景的著名歌舞電影，「酒矸倘賣嘸」為主題曲。電影《搭錯車》裡是敘述住在眷村一位以撿拾破爛維生的退休老榮民，拾回路邊棄嬰阿美並獨自撫養她長大。一心想當歌星的阿美與老榮民數次嚴重爭執，最後終於成功。在最重要的一次演唱會開始前幾分鐘，阿美得知老榮民重病生命垂危，但不得不上臺，演唱的正是這首「酒矸倘賣嘸」。

在現在社會中，有許多人許多家庭，都有經濟上的壓力，這些人和那些花錢不眨眼的富家子弟造成了強烈的對比。人生下來，各有福禍，珍惜現在所擁有的，亦是最大的幸福了。

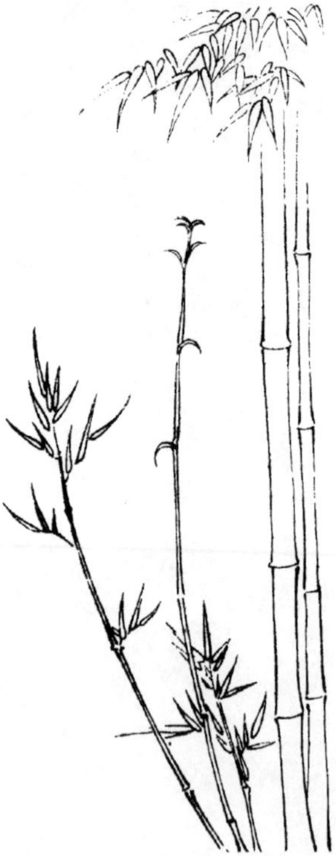

但使歲月靜好，現世安穩

〈召南・小星〉、〈邶風・擊鼓〉

楊佳

嘒彼小星，三五在東。肅肅宵征，夙夜在公。寔命不同！
嘒彼小星，維參與昴。肅肅宵征，抱衾與裯。寔命不猶！〈召南・小星〉

擊鼓其鏜，踴躍用兵。土國城漕，我獨南行。
從孫子仲，平陳與宋。不我以歸，憂心有忡。
爰居爰處，爰喪其馬。于以求之，于林之下。
死生契闊，與子成說；執子之手，與子偕老。
于嗟闊兮！不我活兮！于嗟洵兮！不我信兮！〈邶風・擊鼓〉

讀到這兩首詩的時候，心裡忽然有一股熟悉感，覺得跟張愛玲有些關聯。〈邶風・擊鼓〉據說是她最喜歡的一首《詩經》作品，〈召南・小星〉我覺得則是像在講她的處境，而這個處境是很微妙的一種姿態。傳奇女作家張愛玲近年的自傳性作品問世，突破了一般外界擷取張愛玲的感情得從胡蘭成的著作《今生今世》的單方角度，也推翻了其他側寫傳記的想像，我只得把除了《小團圓》系列和《今生今世》以外的張愛玲傳都堆入儲藏室。

胡蘭成是張愛玲一生中重要的一位男子，縱使還有燕山、賴雅等人都不及其刻骨銘心。兩人雖然有一紙婚約結合，但是胡蘭成擁有特殊的道德觀與愛情觀：「我們雖結了婚，亦仍像是沒有結過婚，我不肯使她的生活有一點因我之故而改變。」張愛玲也對胡蘭成的性格徹底瞭解，故胡蘭成又說：「她倒是願意世上的女子都喜歡我。」張愛玲是這樣的瞭解她的男人，而身為她的男人的胡蘭成，對於張愛玲卻不是他唯一的一個女人。

張愛玲的〈傾城之戀〉中范柳原有一段詞：「死生契闊，與子相悅，執子之手，與子偕老……。」張愛玲說：「我看那是最悲哀的一首詩，生與死與別離，都是大事，不由我們支配的。比起外界的力量，我們人是多麼小，多麼小！可是我偏要說：我永遠和你在一起；我們一生一世都別離開。悲哀倒不是很多，只是覺得太沉重，現世雖安穩，可變化卻太快，彼此都無能為力。說執子之手，與子偕老時，是真心實意，發自肺腑的，說不愛時，也是真的，無法勉強，我們都應該按照內心真誠生活。所以，最終能在一起的都應心懷感恩，能相攜相扶走下去的更是難能可貴，任何壯懷激烈的誓言都抵不過現實的柴米油鹽。太濃烈的東西總是容易碎，想那李隆基與楊玉環，一個曠世君主，一個絕代佳人，轟轟烈烈，最終卻是上窮碧落下黃泉，兩處茫茫皆不見。幸好只是布衣百姓，寧取細水長流不要驚濤拍岸，願使歲月靜好，現世安穩足矣。」而在《小團圓》中，張愛玲要胡蘭成與兩位妻子簽字離婚並登報，胡蘭成是淒愴的，而張愛玲卻不住的快活，張愛玲並不知道婚約書應該要各執一份，在唯一的一份婚約書上胡蘭成寫道：「但使歲月靜好，現世安穩。」張愛玲後來才漸漸知道，胡蘭成是不可能給她歲月靜好，現世安穩了。胡蘭成經歷了流亡躲藏的歲月，張愛玲則還在等他，不時的給他捎些信息和金錢，縱使胡蘭成花名在外，經歷了小康小姐、范秀美等人……。張甚至還寫下：「雨聲潺潺，像住在溪邊。寧願天天下雨，以為你是因為下雨不來。」

這樣一位鍾情於浪子的女子，就如同〈召南・小星〉：「嚖彼小星，三五在東。肅肅宵征，夙夜在公。寔命不同。嚖彼小星，維參與昴。肅肅宵征，抱衾與裯。寔命不猶。」裡的妓女，只能感嘆自己的命運，無法有一個好的歸宿。且是那麼急於奔波疲倦。

張愛玲身處在這樣的民國初年時代，戰爭洗去了她的留學夢、帶走了她家族的榮華富貴與自己的樂觀，使得張愛玲成為一個幽暗的、僻靜的女人，只藉著一隻筆去寫出各種故事，就算是這樣遇到了胡蘭成反而使她成了一顆小星星，下半輩子都是回憶過往。

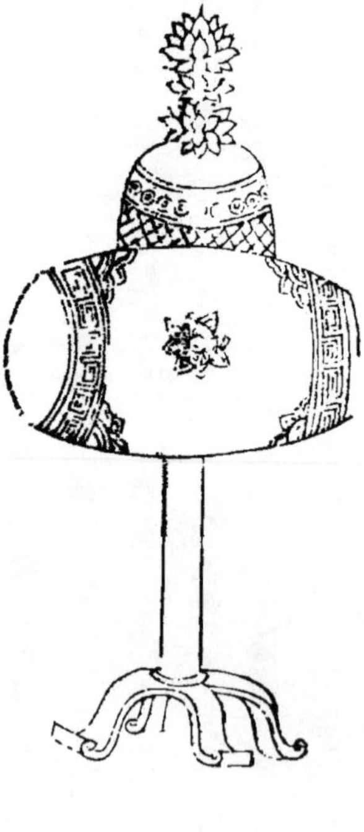

當你愛過的時候

〈邶風．柏舟〉

周嘉琪

婚姻是女孩的夢境，是已婚者的墳墓，看似遙遠卻也近在眼前，也讓女人無法根除，無法遠離，你說它可怕，其實一點也不，當你愛過的時候，你將明白，其中甘美，也曾怨懟，但必然深陷於此無可自拔，即使終將墜跌，也不曾後悔，在愛情遊蕩後，必將瞭解其真理。

汎彼柏舟，亦汎其流。耿耿不寐，如有隱憂。微我無酒，以敖以遊。
我心匪鑒，不可以茹。亦有兄弟，不可以據。薄言往愬，逢彼之怒。
我心匪石，不可轉也。我心匪席，不可卷也。威儀棣棣，不可選也。
憂心悄悄，慍于群小。覯閔既多，受侮不少。靜言思之，寤辟有摽。
日居月諸，胡迭而微？心之憂矣，如匪澣衣。靜言思之，不能奮飛！

在古代，女子的命運就是油麻菜子，飄到哪就該甘願在哪，即使遭受何種不平，也只能咬牙苦撐，但在愛情裡若沒真愛過，又何來哀傷，何來痛心？

嫁出門後只能跟隨夫家，有如柏舟，雖堅固但卻無所依傍，連自己的丈夫都不憐惜自己，那夜晚中卻徹夜不能睡的女子，那孤獨的身影是該何等的淒涼。夜晚的露水之重，夜之寒，丈夫又如何會想到妻子此時，竟是會獨自在外傷心流淚，悲痛的連酒都無法澆愁，傷痛之深可想而知。古代婦女嫁出後若再返回家中即是讓家族蒙羞，難怪女子返家後，兄弟竟會不理不睬。人人都說家是最後的避風港，一旦有家也歸不得時，心理的淒苦程度必將是更上一層，無人瞭解的辛酸，自己承受；無人關心的眼淚，自己吞。即使受到如此對待，女子表現出的卻是自己堅強的一面，雖不容於人，但人不可奪我志，無論如何，女人需堅守的就是最後一份的尊嚴。

將青春全部奉獻之後，消耗殆盡的青春即使沒有灑出燦爛的火花，也該存有最後的美好，否則被瓜分掉的那份青春將只是人生中一塊無意義的拼圖。女人耗費了一輩子的時間只會尋覓最後的歸宿，但卻徒勞無功，或許會覺得惋惜，但從另一角度去思考，也該慶幸自己愛過這一遭，因為深愛過，才知道不愛了有多痛。詩中的女主角內心想振作，但卻無力振作，若不是遭受拋棄之後的痛苦之深，又怎會讓一個女人好不容易振作後的心情，又告墜跌。

雖說婚姻是女人最後的歸宿，但在遭受拋棄後的女人選擇面對的方式，都在在顯示了古代女子忍辱的心情，但所有的悲痛都是建立在愛上的。當你愛過的時候，就算心傷，但難保你不會想起甜蜜的那部份，畢竟，有愛才有恨，若不曾愛過，心怎麼可能會因此空了一塊，眼淚怎麼會多流了一滴。當你深愛的同時，也注定有一天你將傷心，而且是傷心的無可自拔，你不能預知自己有多愛，但至少你該為自己打好預防針，確定自己不會在那一波愛情波浪來襲時打到自己，否則下一個為愛傷神的很可能就是你。不能保證自己有多愛，但女人總該多愛自己一點，棄婦的所有不該只有眼淚，也該拿出勇氣去好好面對自己的人生了。不能奮飛，那就奔跑吧，跑到那個充滿勇氣的未來吧！

惟有相思似春色

〈邶風．燕燕〉

呂思潔

燕燕于飛，差池其羽。之子于歸，遠送于野。
瞻望弗及，泣涕如雨。燕燕于飛，頡之頏之。
之子于歸，遠于將之。瞻望弗及，佇立以泣。
燕燕于飛，上下其音。之子于歸，遠送于南。
瞻望弗及，實勞我心。仲氏任只，其心塞淵。
終溫且惠，淑慎其身。先君之思，以勗寡人。

人生總由無數分分合合組成。相遇、相別，只要活著就絕對無法避免，早在《詩經》就有這樣的題材，〈燕燕〉被稱為萬古送別之祖，一般唐詩中常見送友人，而〈燕燕〉則是寫衛君送妹妹出嫁的心境與過程，儘管對象不同，但那份不捨不願別離的心情都是一樣的。直至今日，分離總激起無限愁思，不管資訊多麼發達，聯絡多麼方便，都無法彌補所思之人不在身邊的寂寥，從那冷漠科技中傳來的聲音、身影，也只不過又更加深了空虛，在那一別即是一生的《詩經》時代，衛君想必更是難過吧！

而送別又是多麼困難，沒有人可以永遠停留在原地，人生道路上只得不斷的向前，一個又一個轉折點，在分別處的送與被送都同樣難受，一句「我送你。」而我該送你多遠，無論如何總會迎來你的背影不是嗎？對著你的背影，我又該揮多久的手？

而當該轉身離開的人是我時，我該讓你送我到何處？俐落的背過身子絕對不容易，也許我該看著你回去的足跟，再獨自離開，但我總得面向你的反方向，若我回首看不見你，若我回首看見你奮力揮舞的手，又該怎麼辦才好呢？

原來這些問題早已困擾了千年，衛君捨不得妹妹，原本只是送到牧、野，卻又再送到更遠，最後直至林處，無法克制雙足，堅持陪伴，卻總不能永遠相依，落淚紛紛勝雨，模糊了你，獨我一人佇立的林裡，你再也看不見我漸乾的淚，深遠濃厚的想念啊！使我心痛，卻又無法放下，妳是那麼的溫和慧黠、善良謹慎，正因為妳如此美好，與妳分離才會讓我無法自拔的傷感呀！如同燕子遠飛的妳，我所能做的只有相思，如唐・王維〈送沈子福歸江東〉一詩中的「惟有相思似春色，江南江北送君歸。」思念如那春色般濃烈，代替只能留在這裡的我，陪伴著離去的人，到那遙遠不可及的彼方。

也許時間真能帶走一切，隨著時間的流逝，傷感會漸漸消失，而春天的綠意終將凋零，但想念卻永遠在心底佔據潛伏著，突然有天，枯枝重綠了第一片葉，我聽見一首歌，我閱讀一篇好文，想起好久不曾想起的人，想起那天在我背後大步向前的身影，想起自那天起越飛越遙遠的故人，想起送別後不知何時才能等到的再相見，想起現在孤身相思的自己。

期望他再愛我？

〈邶風．日月〉

林徹俐

日居月諸，照臨下土，乃如之人兮，逝不古處！胡能有定，寧不我顧！
日居月諸，下土是冒，乃如之人兮，逝不相好！胡能有定，寧不我報！
日居月諸，出自東方，乃如之人兮，德音無良！胡能有定，俾也可忘！
日居月諸，東方自出，父兮母兮，畜我不卒！胡能有定，報我不述！

喜宴上，最前方的舞臺七彩繽紛，霓虹燈照射出多彩光芒，樂隊也正在試音，賓客和招待人員來來去去，熱鬧哄哄。舞臺上，一個穿著亮色開高叉合身旗袍的女人從後臺走出來，臉上頂著大濃妝，正在跟旁邊人的交談，似乎是在核對婚宴的流程，她看起來有些年紀，姿色不如那些穿得火辣又唱又跳的女孩，我猜想她大概是主持人。

時間一到，她果然拿起麥克風站出來說話，一口流利的祝賀語，說著郎才女貌、百年好合、早生貴子之類的，聽著聽著，我忽然對她的聲音有種熟悉感，卻想不起是在哪裡聽過，還是曾參加過也是她主持的喜宴，所以才會感到耳熟，那熟悉感隨著喜宴的行進，在我心裡逐漸形成一個問號。

一整場喜宴，我的目光始終關注在她身上，試圖要想起她是誰，而我坐在離舞臺大約有六、七桌的距離，只能遠遠地看著她，我始終想不起我們曾在哪碰過面，她的五官長相對我而言是個陌生輪廓，像初見面的陌生人一般。

當我被指派要離開位子到舞臺前去，從放冰塊的大箱子拿幾罐冰鎮過的冷飲時，我帶著好奇的心，想著能更靠近些看她，我盯著舞臺，緩緩地向前走過去，卻沒想到她的目光早已朝向我，當我站在舞臺前時，隔著舞臺噴射出來的泡泡和乾冰煙霧，我們對望。她微笑開口問：「妳甘會記得我！？」那語氣有點興奮，而我則是疑惑的皺著眉更仔細觀察她，她又說：「金正未記得我喔……」似乎有點失落，我問：「妳是……？」感覺有些不好意思，她大聲的說：「我就是卡早住舊厝隔壁的車衫的阿嫂啊！」

我這時才終於想起她，她是兒時記憶裡，始終在我看的窗子裡踩著裁縫車替人修補衣服的女人，在輩分上我要喊她一聲「阿嫂」，那時我們總是隔著窗子對話，她一邊踩著裁縫車一邊和我聊天，有時窗裡傳來孩子哭泣聲，她就會離開去哄抱孩子；吃飯時間前，她也必須離去到廚房準備三餐。此外，其餘的時間，她總是在窗內，努力的踩著裁縫車。後來，隨著年紀增長，我再也不到窗前，而她也消失在那扇窗裡。

她不只離開窗前，也離開了婚姻。從別人的耳語中，聽說她一直過得很辛苦，丈夫嗜酒常常不工作，收入不穩定，於是她靠裁縫增加收入，好撫育稚兒，辛苦持家，卻遭受丈夫酒後一次又一次無情的拳腳相向。

原來那扇窗緊掩不開時，她正遭受苦痛，窗內傳來那細細的聲音，原來是她悲傷的眼淚在說話，彷彿一字一句唸著：「日居月諸，照臨下土，乃如之人兮，逝不古處！胡能有定，寧不我顧！日居月諸，下土是冒，乃如之人兮，逝不相好！胡能有定，寧不我報！」

那時我不懂婚姻是什麼，只看見一個溫柔賢淑的女子。在傳統社會中，嫁雞隨雞、嫁狗隨狗，女子一旦出嫁就屬於別人家，無論遭遇任何變故，都不能輕易地說離，她只能在丈夫不在時偷偷哭泣，或每一次回娘家時泣訴，說著自己承受的痛苦悲傷：「日居月諸，出自東方，乃如之人兮，德音無良！胡能有定，俾也可忘！日居月諸，東方自出，父兮母兮，畜我不卒！胡能有定，報我不述！」

經過了幾年的痛苦掙扎，她身心皆傷，才終於不畏世俗眼光站出來控訴家暴，好如願離開婚姻，帶著孩子回到娘家繼續當爸媽的女兒。

她現在不做裁縫，穿著一身華麗衣裝，手裡拿的是麥克風，戴上假睫毛、塗上眼影口紅，穿梭在各大喜宴中，見證別人的愛情與婚姻。

婚宴結束散桌後，她走下舞臺跟我聊天，她問我：「已經過幾落冬啊，妳也大漢了，現在幾歲了？」我說二十五歲，她笑著說：「可以找一個好翁婿嫁了啊！」

而她自己，後來一直沒有再走入婚姻，依舊拿著麥克風在臺上流利的說話和祝賀，偶爾隨著音樂搖擺或哼唱幾句，看過無數的新人，經歷過一場又一場的婚宴。

世間男子流連何方？若遇紅妝，莫忘糟糠

〈邶風．終風〉

邱瀞文

終風且暴，顧我則笑。謔浪笑敖，中心是悼。
終風且霾，惠然肯來。莫往莫來，悠悠我思。
終風且曀，不日有曀。寤言不寐，願言則嚏。
曀曀其陰，虺虺其靁。寤言不寐，願言則懷。

不知已是什麼時節了，他今天會不會來看我呢？是否會對我柔情一笑，又或許會生氣、再也不肯來看我了？坐在梳妝檯旁的女人，臉上淡妝脂粉，一股幽幽、難以言喻的氛圍籠罩著。她時而微笑時而落寞，無人伴她左右，只孤單一人對鏡無語。到底在等著誰人？想什麼呢？

中國傳統夫婦制度為一夫多妻制，可想而知丈夫有了新歡固乃不怪之事。但想必沒有一個人會希望與別人共同擁有一個愛人，中國傳統社會培育出來的大男人更

如是吧！也因此，女子不得於其夫，在古代的社會中是常見之事，故閨怨詩因應而發。早在先秦即有《詩經・氓》：「及爾偕老，老使我怨。淇則有岸，隰則有泮。總角之宴，言笑晏晏。信誓旦旦，不思其反。反是不思，亦已焉哉！」又如唐・顧況〈棄婦詞〉：「記得初嫁君，小姑始扶床。今日君棄妾，小姑如妾長。回頭語小姑，莫嫁如兄夫。」一直到現代的臺灣社會，我們總算是走出了一夫多妻制如此「不人道」的傳統。

〈終風〉是邶風中的一章，寫得鮮明、寫得惆悵，塑造出一個內心悲傷、失望，但仍思念對方不已的癡情女子。詩中的「打噴嚏」，錢鍾書《管錐篇・毛詩正義》：「就解詩而言固屬妄鑿，然觀物態考風俗者有所取材焉。」鄭《箋》：「我其憂悼而不能寐，汝思我心如是，我則嚏也。今俗人嚏，云人道我，此古之遺語也。」令人莞爾的是，我們可見當時打噴嚏的傳說竟然原封不動的流傳至今，實有趣哉！伴隨著風的陰天，趟在床上怎麼想都是他，睡不著啊！真希望我能打噴嚏，那就代表他在想我……。如此婉約委屈的自思自想著，有如處於曖昧期的姑娘一般，但又籠罩著一股難以言喻的哀愁。

妻子看著丈夫的臉色過日子，想著如何才能討他歡心呢？自己是否失寵了？丈夫對我是否已經情斷義絕了？新來的小妾或是某個妻子最近是否與丈夫較常來往呢？終風且暴，顧我則笑。謔浪笑敖，中心是悼。終風且霾，惠然肯來。莫往莫來，悠悠我思。女子的心境隨著思念的加深，心底的著急、慌張、甜蜜交織，這種甜蜜又苦痛的感受，實在會使人瘋狂啊！詩中的女子被動呈現心底的感受，表面卻靜如止水。

狂暴的風啊！看到我便對我微笑。戲謔放縱的性格，讓我心中滿是苦痛。（到底你是真心的嗎？）狂暴的風雨啊！像著你以和順的面容來看我。還是你就從此都不來看我了呢？我想了好久啊……你到底會不會來看我呢？我好想你……。陰而有風的日子啊！沒有太陽的日子！思念你而睡不著，多希望我能打噴嚏，因為這樣代表你在想我……。天空好灰暗，還轟隆隆打著雷聲，我思念你而睡不著，心裡多麼憂傷啊……。

反觀〈氓〉一篇：

氓之蚩蚩，抱布貿絲。匪來貿絲，來即我謀。送子涉淇，至於頓丘。匪我愆期，子無良媒。將子無怒，秋以為期。乘彼垝垣，以望復關。不見復關，泣涕漣漣。既見復關，載笑載言。爾卜爾筮，體無咎言。以爾車來，以我賄遷。桑之未落，其葉沃若。于嗟鳩兮！無食桑葚。于嗟女兮！無與士耽。士之耽兮，猶可說也。女之耽兮，不可說也。桑之落矣，其黃而隕。自我徂爾，三歲食貧。淇水湯湯，漸車帷裳。女也不爽，士貳其行。士也罔極，二三其德。三歲為婦，靡室勞矣。夙興夜寐，靡有朝矣。言既遂矣，至于暴矣。兄弟不知，咥其笑矣。靜言思之，躬自悼矣。及爾偕老，老使我怨。淇則有岸，隰則有泮。總角之宴，言笑晏晏。信誓旦旦，不思其反。反是不思，亦已焉哉！

從頭到尾寫盡了一位棄婦的心聲。時間從年輕到老，男子的態度也從積極追求，直到興致缺缺，女子口氣煞是怨恨。〈邶風．終風〉相較於〈衛風．氓〉，無論口氣或內心煎熬的表達倒是溫柔敦厚了許多。

世間女人柔情似水，輾轉婉約，獨為一君。
世間男子流連何方？若遇紅妝，莫忘糟糠。

最重要的小事

〈邶風．擊鼓〉

于若佳

擊鼓其鏜，踴躍用兵。土國城漕，我獨南行。
從孫子仲，平陳與宋。不我以歸，憂心有忡。
爰居爰處，爰喪其馬。于以求之，于林之下。
死生契闊，與子成說。執子之手，與子偕老。
于嗟闊兮！不我活兮！于嗟洵兮！不我信兮！

「死生契闊，與子成說。執子之手，與子偕老。」是一句何等悠遠境界的愛情誓言，自古以來牽動了多少顆悸動的心，卻也似雙面刃般，刺痛著等待彼此的心境。

斜陽中，總倒映著那麼一個纖纖身影，在窗邊等待著，等待著明日的晨曦帶回良人，孰知等到的，卻可能又只是另一抹夕紅。而男人因為戰亂不得不遠離熟悉的一切，是什麼樣的信念支持著他想奮戰下去呢？莫不是故鄉人那句：「我會等你回來。」以及對等待著自己歸來的她所許下的這句承諾。只是長路漫漫，烽煙渺渺，身處動盪的時代中，「活下去」這簡單的三個字，似乎已是最重要的事情，其他的一切似乎都只能聽天命，大時代下的他多麼希望上蒼的垂憐，聽見自己的悲呼，所冀求的哪怕只有一刻間的短暫相聚，那即是莫大的幸福，只是在男人此刻的心中，他已明白這一個乞求已成奢想，無法信守這個誓約回到另一半的身邊，已在他的心中，化作一句用千言萬語也釋不盡的：「對不起。」在男人的遙想中，彷彿還是看見在那花前月下，他品茗，她撫琴，一同攜手共談未來的純粹，那段和平的日子似乎依然在不遠處，等待著彼此一起向前走。

這是紛擾時代下的人們的悲哀，平安的相守一生，這個願望對古時的夫妻來說成了奢望，而在現在的愛戀，現代的男女在這個充斥著七十幾億人口的地球上，繞了這麼一大圈後才相遇，卻往往因為倦了、慣了，而輕易放開了彼此的手，故作瀟灑的說離開便走，這相比於古時的眷侶來說何嘗不諷刺？愛情是可以這般陰晴不定的嗎？年少輕狂或許誰不奢望能經歷一段轟轟烈烈的愛情風暴，但在盪氣迴腸之後，何嘗不是希望能牽著一雙一同走過風雨的手，一起寫下另一段細水長流。

自古以來的愛侶皆如此希冀，為何到了和平無戰禍紛擾的現代，卻依然難以實踐？其實在平凡穩定的生活背後，維繫的是愛情與麵包之間的平衡，天秤之中如果忘卻了修築與另一半溝通、關心的橋梁，或許就是天秤失衡的開始。男人或許多少有些粗枝大葉，或許總是較充斥著積極的事業心，或許總是那麼不懂得女人的心，總歎那麼一句：「女人心似海底針。」其實女人不難懂，在愛情中所要求的只是一份小「確認」——一份確認「我在你心中」的幸福，情人的眼中容不下一粒砂，當男人對對方說出了一世的承諾，那刻開始，女人便是他一生裡最甜蜜的責任，而相對於女人亦是。女人一生終究是期待著能有份良緣，只是也可能在平穩的等待中迷失了自我，在以華麗且浪漫之名包裝的糖衣誘惑下，迷失了與男人相知相惜的過往，但總要明白現實生活中的王子與公主，從此以後過著幸福快樂的日子背後，是需要無盡的包容與體諒，甚至於一起努力打拚的勇氣與決心。

感情的世界中，沒有我或你，只有「我們」，無論幸福美滿，風雨苦痛，兩個人一起攜手走過，那才是愛情裡最重要的事，也是愛的真諦。

人生中，能夠擁抱平淡簡單的生活，那麼即是一種幸福。《詩經・擊鼓》中的男女最後或許無法再次相守，攜手擁抱這份幸福，但是對今人來說，我們所擁有的已經很多了，莫忘初衷，是緣，感謝彼此的不完美卻能坦白自然，相知相惜，相互牽手，相依為命，平淡的生活少不了柴米油鹽，更少不了拌嘴爭執，但這都不表示彼此忘記了那份真摯的情感，彼此只是將它放進了心底的最深處，它不會遺忘更不是消逝，只是一直存在在那裡，等待著花開並蒂的一天到來，盛放最美麗的祝福。

自古多情傷離別

〈邶風・擊鼓〉

劉容雁

擊鼓其鏜，踴躍用兵。土國城漕，我獨南行。
從孫子仲，平陳與宋。不我以歸，憂心有忡。
爰居爰處，爰喪其馬。于以求之，于林之下。
死生契闊，與子成說；執子之手，與子偕老。
于嗟闊兮！不我活兮！于嗟洵兮！不我信兮！

一位即將出征遠方的士兵，他望著前方整裝待發的軍隊，聽著震天價響咚、咚、咚的擊鼓聲，憂心忡忡，他心中最放不下的，就是他最心愛的妻子。他們曾經有白首之約，到死都不會分離，但是他現在為了忠於國君，不得不放下個人小兒女感情。他對他心愛的妻子感到抱歉，因為他不能遵守那段海誓山盟的諾言了，他心裡想著：這次這麼一分離，下次再相見，可能要待來生了吧！

唉！人生最痛苦的事，莫過於生離死別；人間最難以割捨的，莫過於心中那個特別的她。回想起兩人從相遇、相識到相知、相愛，點點滴滴都讓他甜蜜在心裡；這對愛得刻骨銘心的佳偶，上天怎麼忍心硬生生將他們拆開呢？他們要的並不多，只不過嚮往著天下平凡夫妻的生活：在料理柴米油鹽醬醋茶、教養兒女的日子裡，攜手扶持到老……。

自古多情傷離別，在中國五千年漫長的時光洪流裡，有多少騷人墨客為自己心中那份剪不斷、理還亂的縷縷情思，宣洩於詩詞文章中；當現實的愛戀雖一去不復返，但卻在字裡行間留下了永恆的印記，也為中國文學增添了婀娜多姿的情韻。漢代無名詩人以信誓旦旦的口吻吟出了「山無陵，江水為竭，冬雷震震，夏雨雪，天地合，乃敢與君絕！」的佳篇；中唐詩人元稹對於深愛的亡妻，道出了「曾經滄海難為水，除卻巫山不是雲」的感嘆；晚唐詩人李商隱以「此情可待成追憶，只是當時已惘然。」的詩句，悼念無緣的情愛。這些膾炙人口的詩句都可視為〈邶風．擊鼓〉的一脈相承，形成了中國古典詩歌，以抒情為主、纏綿真摯為特色的優良傳統。

奈何眞心喚不回

〈邶風．谷風〉

張佳琳

谷風不起，秋扇見捐。

以前的女子，總將深愛的那個人，放在無比重要的位置，無怨無悔，只求一生相依相偎。無奈男子的愛就像一葉扁舟，只會短暫地靠岸，隨即啟程去到另外的風光，恣意悠遊，誰也拴不住那顆浪子的心。漸行漸遠，那是女子獨守空閨再多的日子也喚不回的。

愛恨交纏，多少的時日與誰度？女子不談愛與恨，只是開始不知妝為誰容？琴為誰彈？也許閣樓上冰冷的欄杆，被女子的雙手溫熱，鎮日不散；也許男子離去所過的門檻，被女子的雙腳踩破，足跡累累……

那樣的傷痛，又何止凄凄慘慘戚戚可以形容？

習習谷風，以陰以雨。黽勉同心，不宜有怒。

采葑采菲，無以下體？德音莫違，及爾同死。
行道遲遲，中心有違。不遠伊邇，薄送我畿。
誰謂荼苦？其甘如薺。宴爾新昏，如兄如弟。

女子憑欄，東風將至，偌大的呼嘯聲，引起無限悵然。曾經允諾過此生牽手風雨同度，夫妻同心，但她接收到的，再也不是丈夫耳邊喃喃的關愛。那樣的冷漠，比怒罵更加倍難受。連蕪青蘿蔔都須連根拔起，是如此的完整，他們這對原本恩愛的比翼鳥，如今再也不能雙宿雙飛。許下的山盟海誓，還記得嗎？女子揣想，當時的甜言蜜語言猶在耳，丈夫的字字句句，怎敢稍有一刻忘卻，同生共死是多美的諾言，還記得嗎？

緩步走在路上，猶豫著是不是該恨走在她身旁的男人，可是他們曾經共同的回憶太美好，總是讓她放不下，終究還是盼著丈夫回頭。男人停在她日日等待時所佇立的門口，匆忙的神色，暗示著他倆此生緣盡。當她看見挽著丈夫的人再也不是她時，她突然明白，這世上還有比荼菜還苦的苦。

涇以渭濁，湜湜其沚。宴爾新昏，不我屑以。

毋逝我梁，毋發我笱。我躬不閱，遑恤我後！

丈夫的新歡闖入了兩人原本清澈明白的世界，她的生活再也不能平靜，她多麼想保守清明的心，等待丈夫的回心轉意。直到他們步入了禮堂，走入了洞房，女子於是知道，細水長流也只不過是奢望。

回顧這個家庭，是與丈夫一起築起的，裡頭有太多的回憶，一磚一瓦都藏有過往的心酸與幸福，她很不甘心，丈夫已經移情別戀，最後連屬於她與丈夫間的記憶也跟著被帶走，所有的事情都由那不知名的女子坐享其成。此地已無她容身之處了，可還是擔心丈夫能不能吃得好、穿得暖，明明已經不再是那個家庭的一份子了，那樣的反覆憂慮，既教人心疼、又教人不忍。

就其深矣，方之舟之；就其淺矣，泳之游之。
何有何亡？黽勉求之。凡民有喪，匍匐救之。
不我能慉，反以我為讎。既阻我德，賈用不售。
昔育恐育鞫，及爾顛覆。既生既育，比予于毒。

女子是這樣的嫻淑聰慧，認分地從零開始，與丈夫努力編織未來。燒水煮飯、洗衣縫補、敦親睦鄰，凡事以丈夫為尊。一切是如此美好，但從什麼時候開始，丈夫再也不喜愛她所作的一切，只會睥睨地瞧著她，相敬如「冰」。日子一天天過，丈夫變本加厲，眼中滿是仇恨的情緒，口出惡言，否定她擁有的所有美好，視如蔽屣。

丈夫對於往昔的情面不屑一顧，他記不得他們攜手共創新生活，再多的苦難也都咬牙撐過來了，她盼的就是這個時刻，正要踏入穩定的生活時，卻遭到丈夫棄離，那樣的安定再也不屬於她的。看著自己的心血與婚姻被侵犯，還反遭丈夫的唾棄與鄙視，教她情何以堪？

我有旨蓄，亦以禦冬。宴爾新昏，以我禦窮。
有洸有潰，既詒我肄。不念昔者，伊余來塈。

還好女子本就聰慧，懂得未雨綢繆，還有辦法能度過這漫漫冬季，只是沒想到這樣的時刻這麼快就來到。在這樣難熬的季節裡，她看著深愛的丈夫和他抱在懷中的新歡，心中頗不是滋味，不禁回想起丈夫的盛怒推託、不負責任，既然丈夫如此不念舊恩，她又何苦為之？罷了罷了，沉靜讓一切止息。

因為她知道，曾經的真心，喚不回。

鏡中花，水中月

〈邶風．谷風〉

葉怡妏

古代觀念中，女子的貞節被看得很重，所以當女子被拋棄時，那種悲痛的感覺也就更加深刻，〈谷風〉是一首棄婦詩，把女子的不甘與怨憤全都付諸於那短短的字句中，才能如此觸動人的心弦。

習習谷風，以陰以雨。黽勉同心，不宜有怒。
采葑采菲，無以下體？德音莫違，及爾同死。

夫妻之間的關係轉壞，如同連續不斷的大風颯颯地吹，吹走了往日的溫情與曾有的愛意。女子為這突然的轉變感到不知所措，想要好好安撫丈夫卻又不知從何下手，唯有皺著一雙柳眉，放任情況愈來愈壞。兩人本該同心協力一同對抗風風雨雨，誰知如今興起狂風巨浪的，卻是那應該張開一雙健臂，充當自己避風港的丈夫，其中心酸，可想而知。

蕪菁和蘿蔔難道能夠不拔到根部嗎？對於丈夫今昔的強烈對比，女子傷心之餘也不免惱怒，看著身旁的蕪菁和蘿蔔，她心中的悲哀如滔滔江水一波又一波拍打著，幾乎把她淹沒。男人難道都是如此嗎？新婚當初的甜言蜜語，仍然言猶在耳，然而把承諾掛在嘴邊的人呢？在哪裡？那人已然豎起英偉的雙眉，瞪著一雙好看的眼，把承諾棄之於後了。

「百年修得同船渡，千年修得共枕眠。」如此說來，兩人的緣分得來不易，那麼，夫君啊，你怎能如此乾脆地斬斷我倆的姻緣？原先的承諾呢？不必遵守嗎？曾有的愛呢？難道你全忘了？夫君啊，請記起我們一同度過的歲月，記得你曾許下的諾言，讓我們白頭偕老，牽手一輩子，我的願望不多，只望能與你同生共死罷了。

行道遲遲，中心有違。不遠伊邇，薄送我畿。
誰謂荼苦？其甘如薺。宴爾新昏，如兄如弟。

再多的話語都無法挽回，女子依然改變不了被掃地出門的命運。女子美麗的秀眉已然被悲傷壓垮，靈動的眼中隱隱閃動著淚光，她駝著雙肩，雙腳猶如灌了重鉛，沉重到幾乎抬不起來；世界如此廣大，卻只有她一個人走在這冷冽的風中，如此荒涼又如此可笑，她能做的，除了責怪自己的命運外，還有什麼呢？

對於休掉的妻子，最後的安慰與禮貌，便是陪她走上一段路。然而自己受到的待遇卻卑微得可笑，做了幾年的夫妻，最後剩下的，只有丈夫匆匆離去的背影，跟她在一起真的如此難受？就連基本的對待都無法給她嗎？女子的悲哀終於止住，隨之而來的是對自己低下姿態的嘲弄。嘴唇上揚了，擠出的卻是濃濃的苦澀。

停駐在住了多年的家門前，身邊的一景一物都那麼熟悉，現在卻成了模糊一片，她的世界崩毀了，就在看到夫君抱住另一個女人時，兩人和樂甜蜜的模樣，化作千百根針，一針一針準確地刺入她的心；曾經這個家是她的一切，但多年過去，她才被現實狠狠地打醒，原來，她從來都沒握緊過什麼，握到泛白的手中，剩下的，只有空虛。誰說苦菜是苦的呢？她滿胸腹的苦澀，唯有依靠苦菜，才能勉強壓下，苦菜的甘美實在是難以形容啊！

涇以渭濁，湜湜其沚。宴爾新昏，不我屑以。
毋逝我梁，毋發我笱。我躬不閱，遑恤我後！

過去那純淨的婚姻已因第三者的介入染濁，不管做什麼努力都挽回不了，那雙曾經如此專注凝視著我的雙眼，已被第三者吸引，不再關注我。女子看著這種情況，愈發感覺到自己的無力，在她努力操持家務時，丈夫卻不顧念過往深情，輕輕掬捧起了路邊的野花。

她過往的努力不被丈夫放在眼內，那男人只顧著與新人卿卿我我，根本不屑與自己多說一句話，沒有一絲歉意，沒有一絲憐憫，輕易地捨棄了她。既然如此，她也不要再繼續愛他，不要再為他傷心，不要再替他操心！以前，她在魚梁安置了捕魚的魚笱，那都是她的功勞，她的！所以，他沒有資格去享用，既然捨棄了她，那麼應該也不屑她付出的辛勞吧？

可是，想這麼多又有什麼用呢？她的存在早已不被接受，擔心這些也就顯得多餘了。那個家，她是無法再踏進去了，那麼，她曾經操持的繁雜事務，也已從她肩頭卸下，她沒有了責任，同時，也失去了權利。

就其深矣，方之舟之；就其淺矣，泳之游之。
何有何亡？黽勉求之。凡民有喪，匍匐救之。

回家的路途遙遠，隨著步伐一步步地踏出，身邊景物緩緩變換著，她的思緒也漸漸飄到了過往的歲月。新婚那時，家境並不寬裕，但只要有他在身邊，她一點都不覺得苦。還記得，冬天時洗衣服洗到手龜裂，有他溫柔的執起她的手，嘴邊泛著寵溺笑意，小心翼翼地為她上藥；一開始不習慣煮飯時總弄得很慢，也是有他在一旁看顧著，不曾催促，只是靜靜地坐在座位上等待。

那些歲月為什麼不見了？天冷時再也不會有人為她呵暖，受傷時再也不會有人為她上藥，再也沒有關心的理由，再也沒有等待的人影。他的溫柔，全轉介給另一個人享用了。她到底做錯了什麼？在待人處事上，她不曾給他添過任何麻煩，該安靜就安靜，該微笑就微笑，凡事以他的感覺為準則，從不曾任性。這樣還不夠嗎？那到底要做到什麼程度？

她知道，有些女人需索無度，有些女人嬌縱任性，那些缺點她都沒有，但為什麼被拋棄的是她？她才不在意生活的好壞，但只要他有努力，那她也一定會努力支援，從不敢讓自己成為他的絆腳石，附近的鄰居她也沒得罪過，凡是有需要幫忙的，她不管自己是不是在忙，都一定會去盡一份力。

不我能慉，反以我為讎。既阻我德，賈用不售。昔育恐育鞫，及爾顛覆。既生既育，比予于毒。

也許愛情總會到盡頭，也許是愛情從沒發生過，丈夫才會收回對她的愛寵，視她如仇人。她的優點被自動忽略了，她如同一個貨物，主人想要賣出，卻沒有人想要接收。她真的沒有絲毫價值嗎？還是有人故意視而不見呢？

往昔的困窮她還記得，那段苦到必須緊咬牙關才能度過的日子，是他們兩人共有的回憶，為何竟會被一個陌生人隨意闖進？好不容易撐過去，才要開始新的人生，他卻牽住了另一個人的手，令她錯愕到無言以對。

這是否叫忘恩負義呢？有了財業，你才甩開了我的手，彷彿本來就該如此。我並不是毒蟲，你的眼神卻讓我感到無地自容，當初的相遇是否就是錯誤，結下了我們的婚姻就是我最大的罪業，所以老天爺如今才這樣報復我嗎？

真是傻、真是笨啊！如果你只是如此庸俗的男人，為何我要為你哭泣呢？當最後一滴淚水乾涸，她就必須不再回首，錯誤的就讓它過去，她必須自己獨自一人走接下來的路，這次，沒有另一個人！

我有旨蓄，亦以禦冬。宴爾新昏，以我禦窮。
有洸有潰，既詒我肄。不念昔者，伊余來墍。

以為女人都很好欺負嗎？以為女人沒有男人一定活不下去嗎？大錯特錯！她本身就有乾菜，可以用來抵禦寒冬；而你，沉浸在新婚的氣氛中，都只會靠我抵擋貧窮，如今，我不用再怕你的怒氣，不必再為你辛勞，所有的苦差事，你就交給你那位新入門的嬌妻吧！

你這不念舊情的壞郎君，怎麼都忘記了，以前你是如何疼惜我，常常要我休息？歲月把你變成了另一個人，不再懂得體恤我，不再懂得疼惜我，只知道與新婚妻子恩恩愛愛，渾然忘記我的存在了！

冷風緩緩地停下了，頰上的水珠也在不覺中流乾，不再殘留一絲痕跡，被憤怒及傷心攪得一蹋糊塗的心恢復了原有的平靜，她渾濁的雙眼悄悄回復清明，唇角甚至揚起了久違的笑意。

前半生，她為夫君奉獻了一切，如今，生命給了她另一個選擇，從此，她將為自己而活！

當愛已成往事

〈邶風．谷風〉

沈雨

若愛情已經遠去，而失戀之人卻選擇在原地停留不前，那單方面的一往情深將使人萬分痛苦，塞涅卡說：「不能擺脫是人生的苦惱根源之一，戀愛尤其如此。」

習習谷風，以陰以雨。黽勉同心，不宜有怒。
采葑采菲，無以下體？德音莫違，及爾同死。
行道遲遲，中心有違。不遠伊邇，薄送我畿。
誰謂荼苦，其甘如薺，宴爾新昏，如兄如弟。
涇以渭濁，湜湜其沚。宴爾新昏，不我屑以。
毋逝我梁，毋發我笱，我躬不閱，遑恤我後。
就其深矣，方之舟之；就其淺矣，泳之游之。
何有何亡？黽勉求之。凡民有喪，匍匐救之。

不我能慉，反以我為讎。既阻我德，賈用不售。
昔育恐育鞫，及爾顛覆。既生既育，比予于毒。
我有旨蓄，亦以御冬。宴爾新昏，以我御窮。
有洸有潰，既詒我肄，不念昔者，伊余來塈。

在鑼鼓喧天的迎親之日，婚宴上熱鬧非凡，許多人都前來祝賀此對新人的結合，大喜之日人群壅塞，人人都忙著相互慶賀與祝福。而此時，有一位站在遠處的女子正獨自觀望著喜宴上的活動，那是個極度喧鬧而歡樂的場合，視覺上人們臉上佈滿笑意，聽覺上笑聲不絕於耳，甚至有人在歡唱高歌，她默默的流著眼淚，轉過頭去，不願再多感受那份只屬於眾人的喜悅。

〈邶風・谷風〉中的女子，辛苦了大半輩子，奉獻了自己的青春年華，全心全意地投入家庭生活，與丈夫一同打拚，而當生活有了好轉，日子漸漸不愁吃穿，以為可以開始享受幸福成果的時候，其丈夫卻偷偷在外勾搭上了年輕貌美的女子，甚至要正式的將那女子娶進門，準備將糟糠之妻驅逐出門。

丈夫變了心，脾氣陰晴不定像是暴風下雨，開始會對她拳腳相向，家裡的氣氛總是灰濛一片，愁雲慘霧。遭受到丈夫虐待，她痛苦難堪卻仍心存一絲希望，但願丈夫想起過往那些甜蜜的時刻，辛苦打拚的時光，能回心轉意，回到她的身邊，回復以往的生活。但那狠心的男人，哪裡還會覺得虧欠與感恩呢？心裡想的大概也只有該如何揮霍錢財以及和外面的野女人玩樂吧！

唐代詩人孟郊的〈去婦〉詩中，描寫棄婦內心的惆悵與哀怨。前四句：「君心匣鏡中，一破不復全。妾心藕中絲，雖斷猶牽連。」意思是說：夫君的心有如鏡子，破了就難以復原；而自己的心有如藕絲，藕雖然斷了，但絲仍相連。詩裡運用「匣鏡」與「藕絲」作對比，表示郎心如鐵及自己的不捨。而〈谷風〉中的女子遭受遺棄，被無情無義的丈夫趕出了家門，她心灰意懶，在家門外徘徊哭泣，走起路來緩慢而沉重。她依舊深愛著丈夫，回想著同甘共苦的那段日子，哪能甘心放手離去，後悔奉獻了一切，自己卻被糟蹋，也不願接受感情破裂的事實，怨恨丈夫的惡劣行徑，卻又希望愛人回頭，矛盾由此而生，愛意與恨意交織一體，想抽離卻又不能清醒，曾以為會幸福到老，如今卻美夢破碎。棄婦並不想怨恨丈夫，但是由於不被尊重，最後便由愛而生恨，是逼不得已。

想不起來自己有多久沒有開心的大笑一場，傻傻的以為情人會為你做出改變，但他若是還愛著你，又怎會捨得讓你受委屈？看著你淚流卻無動於衷，甚至冷眼看待？想愛他不成，想恨他不行，連自己的情緒都無法自己作主，陷入了痛苦的泥淖，心裡很受傷，卻連喊痛的力氣都很薄弱，仍在心中保留當初的回憶，獨自思念，獨自心酸。

托名卓文君的漢詩〈白頭吟〉，「願得一心人，白頭不相離。」與〈谷風〉「德音莫違，及爾同死。」對愛情有著同樣要求，但對於對方的負心，則表現出截然不同的態度。〈白頭吟〉秉性剛烈，一聞其所愛之人已變心，便毅然分手：「聞君有兩意，故來相決絕。」對於其人因貪財而背叛愛情，直言指責：「男兒重意氣，何用錢刀為？」何等痛快；「今日斗酒會，明旦溝水頭。」對割斷過往情絲，竟毫不悔惜。〈谷風〉中的女子，雖知其夫變心，尚曲意規勸：「黽勉同心，不宜有怒」，對其夫因好色而喜新厭舊，但云：「采葑采菲，無以下體」，何其委婉；即使在被拋棄之後，猶「行道遲遲，中心有違」，充滿不能自絕之情。「毋逝我梁，毋發我笱」二句，自身尚不能見容，猶顧念其家事，其情癡絕，字字含怨。經過今昔對比，新舊對比，喻之以理，動之以情：「昔育恐育鞫，及爾顛覆，既生既育，比予于毒」。婉中帶厲，令人驚心；「不我能慉，反以我為讎」、「不念昔者，伊余來塈」。怨中有望，使人酸心。對於那個新人也不做刻薄的妒恨怨詈。詩中三處提及「宴爾新昏」，但以「如兄如弟」形容對方逸樂，以「不我屑以」、「以我禦窮」形容自身憔悴與淒涼。自陳其治家勤勞，周睦鄰里，使人不覺是自我標榜，而是一種無辜的，委屈的心情自然流露，絮絮屑屑的陳述，如怨如慕，如泣如訴，語婉意曲，辭煩事悲。棄婦的怨恨，其夫的薄情，人世的炎涼，女子的不幸，已盡在其中，作者一往情深，讀者悽愴不已。

《詩經》中還有一首棄婦詩〈衛風・氓〉，其中的女子也遭受到虛情假意男子的欺騙，與他結了婚。婚後，女子任勞任怨操持家務，但男子卻變了心，最後竟遭遺棄，在精神上受到極大的折磨和痛苦。她在夫家所受的虐待和被棄後孤立無援的處境，都是一開始所料想不到的，對愛情的憧憬與衝動，便很可能造成了她識人不清的狀況，還未清楚瞭解對方便對追求者迷戀不已，相信占卜來的人生，不顧眾人勸阻，迷信而幼稚的行為最終也造成了自己悲慘的命運。同時，也寫出了她對當時男權制度下，不平等婚姻關係的某些認識。詩以桑樹的繁茂，比喻自己的青春年華；以鳩食桑葚，比喻自己當初過分迷戀於愛情的失算。由此，她痛定思痛的說：一個女子千萬不要輕易和男子糾纏。因為男的如果纏上了女的，想甩就可以甩掉；女的如果看不準人，就一輩子擺脫不了悲慘的命運。

在古代男女地位不平等的社會中，這是很現實的情況。可憐的女子們為了獲得真正的愛情和幸福的家庭生活，無論怎樣的困苦都甘心忍受，可以為愛犧牲自己，死心踏地的為丈夫和家庭付出所有，甚至連丈夫的暴怒虐待也默默忍受，但儘管如此地忍辱負重，卻依然未能擺脫被休棄的不幸命運，殘酷的現實只留給她們一次悲慘的教訓。

打從父系氏族公社成立後，婦女就成為家庭的附庸，受到男性的支配和壓迫。到了奴隸社會，婦女的社會地位就更為下賤，尤其是勞動婦女，她們淪為家庭的奴隸，成了可以隨便買賣的商品。時至今日，男女性別的不平等，雖仍有許多不公之處，但相較於古代，確實是有了極大的轉變與改善，女性可以更自在的展現自我，擁有更多人權，對於愛情婚姻，也比較不會那麼束縛，萬一遇人不淑，也可以選擇離開，可以獨立自主的生活，不純粹依附男性，也可以另覓佳緣，不遭人歧視打壓。

對真愛保有期盼，願意真心投入感情的人並沒有錯，縱使對方離棄，也對得起自己，或許愛情的失去令人崩潰難堪，打破了原有的幸福快樂，使人悲傷無力，然而我們從棄婦詩中，不只看到了她們的不幸與失落，也看到了堅強與勇敢的性格展現，能夠學習接受與諒解，漸而自主自立，進而勸勉他人，令人佩服崇敬。

兩人的甜蜜變成一人的苦楚，任何人都會感到揪心，不甘心、不放手、不習慣的感覺，造成了內心的衝突，對對方有無盡的失望和不捨，卻又常常由愛轉恨，有無數的憎恨與苛責，這何嘗不也正是對自己的責難與後悔，與自己過意不去的地方，過度的執著便讓痛苦得以生存延續，有機會上門糾纏自己，每個人一生都會遇到許多的挫折和失敗，失戀只是其中之一，失去戀人時覺得自己受到冷落，不敢相信情意的消散，覺得自己失去了好多好多，痛苦難耐，時時要忍受寂寞來臨的寒冷刺骨，但瞭解痛苦也未必是壞事，能夠品嚐苦痛，最後駕馭那種痛心的感受，對萬事萬物保持敏銳，得到的快樂會更快樂也更真實。相信離開他，你會過得更好，曾有過的傷痕就讓它埋藏在記憶的泥土裡，有一天你會得到意想不到的植株與果實，讓美好的花朵開開落落在心田之中，飄散各種的芬芳於心海之上，你會有勇氣去追求更遠大的理想和目標，並懂得回味人生中的酸甜苦辣。失戀，是一種感覺，讓這種感覺帶領你更加成長，而不要被它所牽絆，耽誤一生。凡事都會改變，包括曾深愛過並許下承諾的戀人，當我們追求感情的圓滿，尋找適合的另一半時，除了學習愛人，也應該懂得疼愛自己，保護自己。

當婚姻變成愛情的墳墓時

〈邶風．谷風〉

吳宜靜

愛情，從古至今一直是人們學習的課題，當愛情開花結果走向婚姻的路途，彼此的承諾便化為緊緊的牽絆，然後一直相知相惜，一起偕老。女人終其一生的幸福似乎就在尋覓那個適合停泊的港灣，可以給予安全、守護的地方，但變質了的愛情是會幻化成狂風暴雨般的翻覆本該擁有的幸福，就像〈邶風．谷風〉中的棄婦：

習習谷風，以陰以雨。黽勉同心，不宜有怒。
采葑采菲，無以下體？德音莫違，及爾同死。
行道遲遲，中心有違。不遠伊邇，薄送我畿。
誰謂荼苦？其甘如薺。宴爾新婚，如兄如弟。
涇以渭濁，湜湜其沚。宴爾新婚，不我屑以。
毋逝我梁，毋發我笱。我躬不閱，遑恤我後？

就其深矣，方之舟之；就其淺矣，泳之游之。
何有何亡，黽勉求之；凡民有喪，匍匐救之。
不我能慉，反以我為讎。既阻我德，賈用不售。
昔育恐育鞫，及爾顛覆。既生既育，比予于毒。
我有旨蓄，亦以禦冬。宴爾新婚，以我禦窮。
有洸有潰，既詒我肄。不念昔者，伊余來塈。

當真心換來背叛，一句句誓言迴盪在耳邊，充斥在腦海裡的是不願面對事實的真相，仍相信丈夫只是一時的遠行，總有回心轉意的時候，一起走過的回憶很多，夫妻是該有始有終的生命共同體、相守一生的伴侶；但木已成舟，收拾著離去的行李，緩慢的腳步都代表妻子對丈夫的最後期盼與一絲眷顧，但很可惜的，那個外來者早就入侵丈夫的心，傷心的淚水已被「他們」歡愉的笑聲所隱藏……

在婚姻吃了敗仗的女人，除了回憶，還有更多的是悔恨與遺憾，想起自己一手打造的幸福家園被人輕易奪走，想起一起同甘共苦的點點滴滴被人踐踏，我想世上最心痛的事莫過於此。我本該是你牽手呵護的人，現在卻被當作賣不出去的貨品般唾棄。心中百感交集，往事又像電影般一幕幕映入眼簾，此時不禁讓人疑惑，人與人的信任原來如此的脆弱，誓言也會像落葉般一夜飄散……

〈谷風〉成功塑造從古至今棄婦的可憐形象，記得不久前的發燒話題「犀利人妻」也是訴說此類的故事，劇中女主角是個在丈夫身後默默付出的溫柔妻子，後來卻慘遭丈夫外遇的背叛，但不同的是，她沒有在婚姻的失敗中跌倒，反而因此堅強，展開反攻丈夫的大改造，她最後成功的活出自我，並告訴全天下的女人「不要怕！」一相對於古代的女子只能默不吭聲的忍受，現代女性可以跳脫丈夫外遇的悲劇，勇敢的活出自己。此劇播畢後引起廣大熱烈的迴響，因為她訴說的不僅是一個女性的故事，更是替全天下的失婚婦女發聲。我想《詩經》能歷久不衰的原因也是如此，雖然與我們相差了兩千年，但依然貼近我們的真實生活，將這種得不到補償的癡情，反覆轉折，更顯現出哀怨之情，令人讀起來盪氣迴腸，同情之心油然而生。《詩經》的這些故事，徹底的呈現古代婦女卑賤的社會地位和她們在婚姻上任人宰割的悲劇命運。傳統社會以男性為中心的家庭倫理觀堅不可破，宗法禮教雖不及宋朝理學大倡之後的森嚴，但由於婦女們經濟地位的不獨立，婚後遂淪為男子的附屬品，於是，她們的命運便不能自主，而掌控在男子的手裡。這就為不幸的婚姻埋下了悲劇的種子，一旦境遇變化，婚姻的危機便由潛在而浮出檯面，甚至走向對古代婦女們最為痛苦的絕境——休棄。

在婚姻裡流淚

〈邶風．谷風〉

方瑀欣

習習谷風，以陰以雨。黽勉同心，不宜有怒。

采葑采菲，無以下體？德音莫違，及爾同死。

行道遲遲，中心有違。不遠伊邇，薄送我畿。

誰謂荼苦？其甘如薺。宴爾新昏，如兄如弟。

涇以渭濁，湜湜其沚。宴爾新昏，不我屑以。

毋逝我梁，毋發我笱。我躬不閱，遑恤我後。

就其深矣，方之舟之；就其淺矣，泳之游之。

何有何亡？黽勉求之。凡民有喪，匍匐救之。

不我能慉，反以我為讎。既阻我德，賈用不售。

昔育恐育鞫，及爾顛覆。既生既育，比予于毒。

我有旨蓄，亦以禦冬。宴爾新昏，以我禦窮。

有洸有潰，既詒我肄。不念昔者，伊余來塈。

〈谷風〉中的女子著實是古代婚姻悲劇的代表，情深時是一同勉勵向上的鶼鰈情深，就算再多的困苦，只要有對方，便能咬緊牙根支撐下去，更以「無以下體」這句話，道出不因彼此面貌衰老而離棄，應要有始有終，這婦女如此情深意重，她的丈夫怎忍心背叛？不顧以往的情分；不念她的辛勞；不想如今的成功是同甘共苦而來，就這樣無情的背叛她，這教她情何以堪？

我在想，當女子看到丈夫變心又另娶他人時，她的內心是受到多大多重的傷害，看著丈夫和新人之間有說有笑，濃情蜜意，又怎能不想起過往的情意，以及無以下體的諷刺？無悔的付出換得的是丈夫的變心和婚姻的變質，心中理想的家庭幻滅，一起努力打拼，不僅得不到任何的財富，還慘遭拋棄。少了丈夫的關愛和憐惜，對一個身為妻子的女人而言，生活變得毫無意義。然而更為悲慘的是，女子慘遭拋棄，雖痛恨自己的丈夫，卻還是渴望家庭的溫暖，還是對婚姻抱著一絲希望，留戀著家庭的美滿，期望著丈夫回心轉意，再獲得丈夫的疼愛。我想這裡，女子心中的惆悵是多過於怨恨的，因為回到現實，婚姻早已受到侵犯，期望終究只是幻想，只能在怨與愁之間掙扎。

對婚姻美滿的渴望，到底有幾分確定？沒有人能夠給予正確的解答。夫妻之間的關係，是否真能對等？也無從得知。〈谷風〉中的棄婦或許只是渴望著平凡的小小幸福，但卻遇錯了人，也許婚姻有時應該自私一點，好讓自己的心不再流淚，因為傻傻的付出並不是婚姻中唯一能做的事。

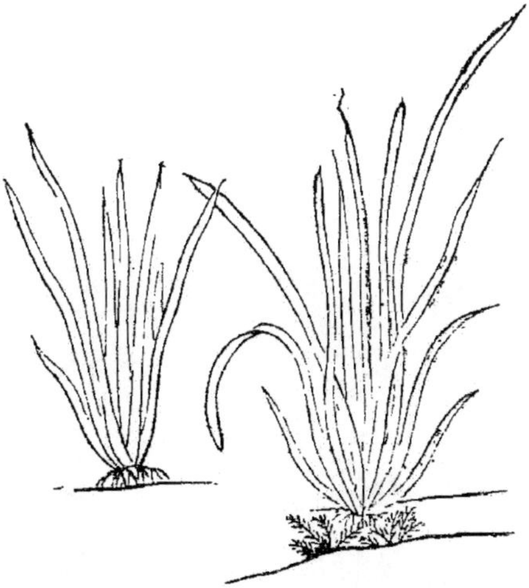

小官員的心聲

〈邶風．北門〉

楊琇雅

出自北門，憂心殷殷，終窶且貧，莫知我艱。
已焉哉！天實為之，謂之何哉！
王事適我，政事一埤益我。我入自外，室人交徧讁我。
已焉哉！天實為之，謂之何哉！
王事敦我，政事一埤遺我。我入自外，室人交徧摧我。
已焉哉！天實為之，謂之何哉！

在讀這首〈北門〉的時候，我也同時正在煩惱著另一份有關陶淵明的報告。陶淵明在文學史上，以「不為五斗米折腰」，並且嚮往田園生活。然而因為親老家貧，因此幾次為官，都是為了生計，不得不離開他所戀戀不捨的歸隱生活，而向現實低頭。但最終還是在彭澤縣令任上請辭，從此歸隱田園。

和陶淵明相較，〈北門〉中描寫的小官員，也是背負著沉重的壓力。「終窶且貧」看出他的生活也是困苦的，但卻沒有人可體會。「已焉哉！天實為之，謂之何哉！」但這都是老天的安排，又能如何呢，詩人哀嘆著自己的命運。

王官差事、官府雜事全部都交給詩人做，這些都是可以忍受的，畢竟身在職場，原本就要看上級的臉色吃飯。但可憐的是，詩人回家後，家人應當給他最大的溫暖及鼓勵，但詩中卻寫道，家人對他的諷刺及譴責。從這個地方或許可以推測出，詩人的工作吃力不討好，沒有獲得很好的報酬，所以家人才會對他冷眼相對。

有一首臺語歌是這樣唱的：

今仔日風真透，頭家的面臭臭
代誌嘛抹講介大條，啊著煩惱假強要擋抹條
今仔日風真透，春我這顆愿頭
代誌是永遠做抹了，薪水總是嫌無夠（陳雷〈風真透〉）

歌詞的大意就是，風很大的天氣，上班工作還要看老闆的臭臉，工作永遠做不完，薪水總是嫌不夠，和〈北門〉有異曲同工之妙。

現今職場，許多員工都是受到如此的對待，無論是同事間的心機戰，還是被老闆壓榨血汗，常常都可在社會新聞的版面上看到，然而可以深思的是，現在常有許多社會新聞，因為工作壓力大而藉酒澆愁，回家就產生家暴，許多家庭因此破裂。更嚴重的是，因為失業而攜家帶眷自殺的新聞也層出不窮，因此〈北門〉詩中的主人翁只是怨天尤人，自怨自憐罷了，他只不過是感嘆自己的命運，而沒有做出不理智的行為，他這樣算是幸福的。

心事誰人知

〈邶風・北門〉

劉容雁

出自北門，憂心殷殷。終窶且貧，莫知我艱。
已焉哉！天實為之，謂之何哉！
王事適我，政事一埤益我。我入自外，室人交徧謫我。
已焉哉！天實為之，謂之何哉！
王事敦我，政事一埤遺我。我入自外，室人交徧摧我。
已焉哉！天實為之，謂之何哉！

一位終日忙碌不得閒的小公務員，他的薪水和付出不成正比，因此過著節衣縮食的生活。出門在外打拚的心酸誰人知呢？原本以為回到家後能獲得親情的溫暖，但是他錯了！一進家門，他的妻子有如河東獅對他大聲責罵：「你這個死鬼！這個月的薪水怎麼還沒拿來？」（小公務員低頭將薪水袋遞給妻子）妻子看了之後又一陣批頭大罵：「什麼？就這麼點錢！你這沒用的傢伙！是叫我們全家去喝西北風嗎？」面對妻子的斥責，小公務員也只能低頭不語，心中暗暗叫苦：「老天啊！你為什麼要這樣對我呢？每天如此勞累，我究竟是為誰辛苦為誰忙？」

此詩道出了許多時下為生活打拚的上班族的心聲。沒想到，數千年後的今日，古人與今人的煩惱和憂愁竟然不謀而合，《詩經》之所以能夠傳誦千古，大概是和它能反映現實生活、人民心聲，以及隱含諷諭的特點有很大的關係吧！

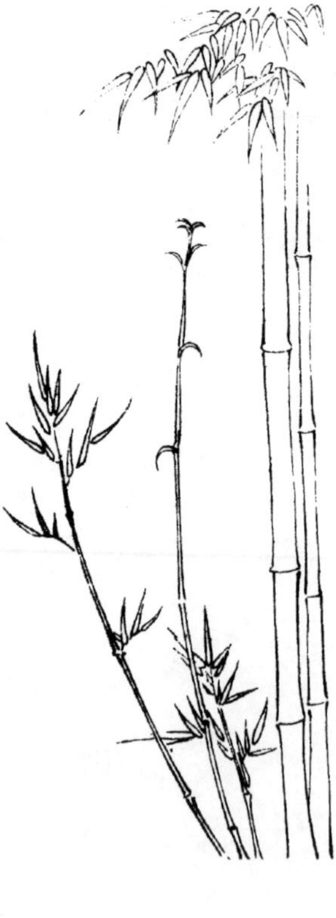

你知道我在等你嗎？

〈邶風．靜女〉

鄭安廷

靜女其姝，俟我於城隅。愛而不見，搔首踟躕。
靜女其孌，貽我彤管。彤管有煒，說懌女美。
自牧歸荑，洵美且異。匪女之為美，美人之貽。

什麼路途最遠？是天涯海角嗎？不是，找人的路途最遠。什麼時間最久？是天長地久嗎？不是，等人的時間最久。情人難求，愛人難留，而一生中始終不離不棄的人，更是難能可貴。

電視上演的一部又一部的偶像劇中，我們常常為了男女主角的一句「我愛你」、「我想跟你在一起」，心揪成一團，好像是男主角或是女主角在對自己說一樣。但其實一句「我等你」才真的讓人感動，一句「我等你」包含了多少的無奈、心酸、苦澀，或許是愛不到，或許是不能愛，但無論怎樣，「我等你」這個承諾，遠比我愛你更動聽。看看身邊，有多少人曾經說過我愛你？可是有誰會說一句我等你，誰會願意那樣卑微的等待，不計較任何的回報的等待？「我愛你」的愛，有激情但膚淺；而「我等你」的愛，單純而執著。年少的時候，我們嚮往那些激情，鍾愛那句我愛你，受了傷也不投降，但當有一天被傷透澈了之後才會懂，如果可以再一次選擇，會多麼希望在那個時候，可以聽到一句我等你，因為懂得「我等你」這句話的人，才會懂得珍惜與付出。

而在過年大掃除的時候，翻開你的抽屜，有沒有一件東西是毫不起眼，但你卻永遠也捨不得丟掉的呢？其實一個東西的價值，往往來自於它的回憶或記憶，而不是它值多少錢。結婚的時候，母親給你的那個祖傳戒指，妳一定會好好的、寶貝的珍惜它，絕對不是因為那個戒指上的寶石多麼的昂貴，而是這個戒指的記憶，它可能是祖母傳給媽媽的，而媽媽又傳下來給你的，這個戒指的價值，來自於它本身的歷史記憶。

跟男女朋友分手後，為什麼總是有那麼多人，會把一切當初跟男女朋友在一起的「證據」全部銷毀，或是放在一個大盒子裡藏起來？因為那是他（她）給你的啊！看到那個東西就會想到過去的那段回憶啊！一隻布娃娃有什麼了不起？因為那是他送你的啊！這就是一個東西價值的來源。

爲愛不顧一切

〈鄘風・柏舟〉

彭筱茜

泛彼柏舟，在彼中河。髧彼兩髦，實維我儀。之死矢靡它。母也天只！不諒人只！

泛彼柏舟，在彼河側。髧彼兩髦，實維我特。之死矢靡慝。母也天只！不諒人只！

元好問〈邁陂塘〉中說道：「問世間，情是何物，直教人生死相許。」愛情真的如此偉大嗎？可使你寧願棄生死於不顧，只為和心愛之人長相廝守？當愛到情意濃烈時，便使人無法從這情網中逃脫，為了愛情不顧一切，「衣帶漸寬終不悔，為伊消得人憔悴」（柳永〈風棲梧〉）。

〈柏舟〉詩中的女子便是這樣的人，為了表示對她的情人至死不渝、堅貞不二的愛情，且無怨無悔的付出，不惜違逆父母的期望和安排，甚至發下強烈的誓言，至死都不改變、無他心，即使有父母的阻撓，依然決心要嫁給她心目中所愛的男子。這個女子勇敢對抗父母之命，媒妁之言的倫理道德傳統，在保守的時代，堅持擁有選擇所愛的權利，挑戰父母權威，鬧思想革命，確實相當前衛而且獨特。

這個令女子如此不可自拔的男子，應該也是個奇男子吧！因為「曾經滄海難為水，除去巫山不是雲」（元稹〈離思〉五首其四），這位男子必定是位風度翩翩、溫文儒雅，值得這位女子託付終生之人，或許也已經互許終生，有著誓言「死生契闊，與子成說。執子之手，與子偕老」（《詩經‧邶風‧擊鼓》）、「在天願作比翼鳥，在地願為連理枝」（白居易〈長恨歌〉），才會有如此勇氣大膽地敢於挑戰當時的禮教，無奈生不逢時，在當時自由選擇婚姻和自由戀愛都是不可能的，但女子依然執著於自己的選擇，努力地為自己爭取屬於自己的幸福，抱著「深知身在情長在，悵望江頭江水聲」（李商隱〈暮秋獨遊曲江〉）的心態。但在當時，禮教是不容質疑的，所以多半詩中的女子最後還是感到很心痛、感嘆，有句話說：「一個是閬苑仙葩，一個是美玉無瑕。若說沒奇緣，今生偏又遇著他；若說有奇緣，如何心事終虛話？」（曹雪芹〈枉凝眉〉），這可能是女子心中的最大的疑問，但是「天若有情天亦老」（李賀）、「月若無恨月常圓」（石延年），所以希望女子莫再傷悲，忘卻過去所失去的，珍惜現在所擁有的，畢竟除了愛情之外，還有著許多是值得追尋的事、物。

而今的愛情觀與當時大不相同，以前是媒妁之言、父母之命，半點不由人，所以也產生了許多的悲劇，例如：〈孔雀東南飛〉、梁山伯與祝英台的故事，都是為了追求自己的幸福，無怨無悔，儘管如此「願天下有情人終成眷屬，是前生註定的事莫錯過姻緣。」（杭州西湖白雲庵月老祠的對聯）；然而如今的愛情觀是自由的，也可以私定終生，這些和過去的相差簡直是南轅北轍，但是現今在愛情自由、速成的情形下，有著許多離婚的事件和破碎的家庭，不知是否是因較無刻骨銘心之感受及互信、互諒所導致。所以「願天下有情人終成眷屬」，可改為「願天下眷屬皆是有情人」，是在期勉婚後仍能一本初衷、相愛一生，這兩句話並沒有什麼太大的不同，只是深切述說著——相愛容易，相處難，是現今愛情路上所面臨的問題。現代女性因為自我意識提高，不若從前的女子逆來順受，恪守男尊女卑，凡事忍氣吞聲，堅持從一而終的美德。

婚姻之事，父母究竟會不會干預？在古時，是必然的，因禮教的緣故；在現今，父母會給予意見，以較民主的方式來關心子女，至於干預，就會因家庭狀況而異了。總之，不論在古時或是現代，父母給予意見也好、干預也罷，都離不開一個主要的原因——希望子女的婚姻都能幸福美滿，並期許自己的兒女將來生活都能衣食無缺、白首偕老的渡過一生，可謂是「天下父母心」啊！

泥土味，青草香

〈衛風．考槃〉

陳崑恭

考槃在澗，碩人之寬。獨寐寤言，永矢弗諼。
考槃在阿，碩人之薖。獨寐寤歌，永矢弗過。
考槃在陸，碩人之軸。獨寐寤宿，永矢弗告。

讀這首歸隱山林，自得其樂的詩歌，對我這個快五十歲的老頭，尤其是心有戚戚焉。

幾年前我在南投中寮鄉爽文村龍眼林買了幾分山田，開始學習當個農夫，從割草、植栽、剪枝、施肥，每道農事過程都有其學問，當自己親手栽種的植物冒出新芽，就好像看見了希望，無形中鼓動了生命的力量。

每當我汗流浹背，口渴難當，拿起水壺，仰頭就灌；忽然看到遠方山頭，朝陽就在兩個山脊間緩緩升起。心中一亮，「真正的幸福就在此處！」

縱然每天累得像牛，疲憊不堪，但只要跳到「仙人沐浴池」浸泡洗滌一番，那些世間的無聊與是非，都能隨著自己的汗臭蕩除淨盡。從頭到腳，五臟六腑通體清涼舒暢，除了一個「爽」字，無法形容。

晚上，靜聽蟲鳴、蛙叫，心情好時，是天籟，心情不好時，是吵雜；外在與心情，神奇妙化，融於一體。大自然的奧妙，總在風清雲淡中，無聲無息地運行。青青翠竹，鬱鬱黃花，潺潺溪流、山氣煙嵐，就在「獨寐寤言，永矢弗諼」、「獨寐寤歌，永矢弗過」、「獨寐寤宿，永矢弗告」中成了自己的般若如來。

原來，日子可以過得如此簡單。在烈日當空揮汗如雨的時刻，一片浮雲，都是恩賜，只要些許微風，心中就有幸福的感動。嗅嗅青草香，聞聞泥土味，就不會忘記海闊天空。

「平凡的做人，平實的做事，平淡的生活」，如此，守分安命，順時聽天，不就是你我嚮往的境界嗎？吳懷氏之民歟！葛天氏之民歟！

絕代佳人之世紀婚禮

〈衛風．碩人〉

劉麗珍

西元二〇一一年四月二十九日，英國威廉王子的婚禮大典受到全球矚目。相關細節如婚紗花費多少，交換信物的戒指是幾克拉，在哪一間教堂舉行，儀式走什麼風格……都是媒體關注的焦點，然而最令人好奇的，應該莫過於新娘是誰。究竟是何方神聖能得到王子的青睞？她的背景家世如何？品德堪為國人表率嗎？外貌氣質與王子匹配嗎？以現在狗仔的功力，可能女主角祖宗十八代皆無所遁形。不過若關心的角度是以善良、正向出發，既能提高收視率，又能表達祝福之意，也就無可厚非了。

中國人對婚禮的重視，絕不亞於其他民族國家，相信在從前的帝制時代，王公貴族的婚姻大事亦是平民百姓、街頭巷尾傳頌討論的事情。在沒有科技產品輔助的春秋時代，便有一首記載諸侯之女于歸實況的詩，雖然距今近二千多年，現今讀來仍有身歷其境、如在眼前之感，新娘鮮明的形象令人嚮往，詩人對婚禮的期許之情溢於言表，當時的盛況與威廉王子的婚姻大事相比，是毫不遜色的。其原詩如下：

碩人其頎，衣錦褧衣。齊侯之子，衛侯之妻。東宮之妹，邢侯之姨，譚公維私。

手如柔荑，膚如凝脂，領如蝤蠐，齒如瓠犀。螓首蛾眉，巧笑倩兮，美目盼兮。

碩人敖敖，說於農郊。四牡有驕，朱幩鑣鑣，翟茀以朝。大夫夙退，無使君勞。

河水洋洋，北流活活。施罛濊濊，鱣鮪發發，葭菼揭揭。庶姜孽孽，庶士有朅。

這首詩以《詩經》最常出現整齊的四言一句寫成，第一、二章介紹女主角的身分與外形，大意是：這位新娘有高眺修長的身形，穿著錦製華美的衣服。她是齊莊公的女兒，衛莊公的妻子，齊國太子的妹妹，邢侯、譚公的小姨子。她的手指尖柔滑嫩，皮膚白皙光滑，有細長白嫩的頸部，和整齊潔淨的牙齒。眉毛細長彎曲有致，笑起來有淺淺的酒窩，此時明亮的眼神流轉靈活。第三章描寫陪嫁隊伍略作休息時，藉著寫馬的雄姿、身上的裝飾，映襯出主人一定是不平凡的人物，並提醒大夫們早早退朝，勿讓衛莊公太忙於公務而冷落了新娘。最後一章藉由寫水勢的壯盛，捕魚者豐富的漁獲，與陪嫁之眾女與送嫁諸臣的形象，看出詩人對婚禮的祝福，期許新人能多子多孫。整首詩充滿喜悅讚嘆的氛圍，尤其對新娘相貌的敘述，可謂美人工筆圖，句句是重點，字字是關鍵，成為後代爭相模仿學習的典型，如曹植〈洛神賦〉「雲髻峨峨，修眉聯娟。丹唇外朗，皓齒內鮮，明眸善睞，靨輔承權。」白居易〈長恨歌〉「溫泉水滑洗凝脂」等描寫美人的句子，就有脫胎自此詩的感覺。

自古美人所受到的關注就比較多，何況又是貴族身分，更備受關心。由詩中第一章可推敲出新娘是莊姜，從內容也可得知衛國人相當愛戴她，對這位齊國公主能嫁到衛國來，表現出歡欣、欽羨之意。可惜這段婚姻並不如國人預期般發展，此詩《詩序》寫道：「〈碩人〉，閔莊姜也。莊公惑於嬖妾，使驕上僭。莊姜賢而不答，終以無子，國人閔而憂之。」在《左傳．隱公三年》中亦記載：「衛莊公娶于其東宮得臣之妹曰莊姜，美而無子，衛人所為賦碩人也。又娶于陳，曰厲媯，生孝伯，早死，其娣戴媯，生桓公，莊姜以為己子，公子州吁，嬖人之子也，有寵而好兵，公弗禁，莊姜惡之。」又《左傳．隱公四年》記錄州吁弒桓公自立，而在〈邶風．燕燕〉一詩，〈詩序〉與《鄭箋》皆說明是為了桓公死，莊姜送戴媯離開而寫的。西漢劉向《列女傳》則是認為〈碩人〉是「傅母」作來提醒莊姜，即使不受丈夫喜愛，仍要正婦道、潔身自愛的砥礪作品。不論歷史記載或傳說故事，都殘酷的訴說莊姜悲劇以終的命運，不免要感嘆美麗光彩的背後，暗藏多少不為人知的辛酸。

「自古紅顏多薄命」，看完莊姜的故事，或許我們會下一個這樣的結論。這句話倒不一定是真理，但是它卻可安慰兩種女人：一是「薄命」的女人，因為至少是「紅顏」；二是「不漂亮」的女人，因為命會比較好。當然這兩種情況，無論哪一個發生在自己身上都不好。其實「美，就是心中有愛」，外在的美會隨歲月而逝，智慧的美卻會與日俱增，歷久彌新；相貌與人生不會有直接關係，「態度」才是決定命運的關鍵，所以只要抬頭挺胸，坦誠有自信做自己的人，便是永遠的紅顏；再加上謹慎選擇所愛，並愛所選擇的，那麼「世紀婚禮」的主角就是自己了。身為二十一世紀的現代女性，要成為「好命的紅顏」，不靠自己，靠誰呢？

千年不變的命運
〈衛風・氓〉VS.〈給前夫的一封信〉

王美玲

「問世間，情是何物？直教人生死相許。」（〈摸魚兒〉）。元好問這闋詞道盡人世間癡情男女對愛情的執著。「人生自是有情痴，此恨不關風與月。」（〈玉樓春〉）。歐陽修也對男女之間的感情，提出精闢透澈的看法。自古以來，男女之間的感情世界，總是有許多不同的方式，可以是單純直接的，也可以是複雜扭曲的。但是歸納起來，卻又只是幾個公式而已。

剛開始的感情世界總是甜甜蜜蜜，你儂我儂。如果情海沒有生變，感情穩固，可能就邁向結婚共同組織家庭。婚後為面對現實的家庭生活，浪漫絢爛的感情慢慢歸於平淡，時間與現實正是考驗感情的一大挑戰。當年的甜言蜜語，海枯石爛的誓言，漸漸從現實的生活中流逝，謊言、背叛取而代之。最後感情如果走到岔路，也只好分道揚鑣。

這樣的公式，自古至今，不斷上演。而且大部分以丈夫拋棄妻子為多。女子自古以來即扮演弱者的角色，一直到現代二十一世紀，還是重複著千年不變的命運。熱戀中的男女，可知感情是沒有終生保障的，就如人們說「感情是有賞味期限」，因此，女人必須認知到這一點，該離去的時候，就瀟灑的揮一揮手吧！無須傷悲，離開妳的是一個不值得信賴的人，但是又有多少人能做到呢？

能結為夫妻必定是感情深厚，悲哀的是一方不知道另一方已悄悄收回感情，而硬生生的要另一方也放棄，真是情何以堪。文明科技發達的現代，夫妻叛離的模式卻一成不變，女人重複著千年不變的命運，女人是否該覺醒，當夫妻感情已不在的時候，是否能有更好的解決方法，而不再被冠以棄婦之名了呢？

氓之蚩蚩，抱布貿絲。匪來貿絲，來即我謀。
送子涉淇，至於頓丘。匪我愆期，子無良媒。
將子無怒，秋以為期。乘彼垝垣，以望復關。
不見復關，泣涕漣漣；既見復關，載笑載言。
爾卜爾筮，體無咎言。以爾車來，以我賄遷。
桑之未落，其葉沃若。于嗟鳩兮，無食桑葚。
于嗟女兮，無與士耽。士之耽兮，猶可說也；

女之耽兮，不可說也！桑之落矣，其黃而隕。
自我徂爾，三歲食貧。淇水湯湯，漸車帷裳。
女也不爽，士貳其行。士也罔極，二三其德！
三歲為婦，靡室勞矣！夙興夜寐，靡有朝矣！
言既遂矣，至于暴矣！兄弟不知，咥其笑矣！
靜言思之，躬自悼矣！及爾偕老，老使我怨。
淇則有岸，隰則有泮。總角之宴，言笑晏晏，
信誓旦旦。不思其反；反是不思，亦已焉哉！

《毛詩序》說：「〈氓〉，刺時也。宣公之時，禮義消亡，淫風大行，男女無別，遂相奔誘，華落色衰，復相棄背；或乃困而自悔，喪其妃耦，故序其事以風焉，美反正，刺淫泆也。」《毛詩序》已解釋得很清楚，這是男女相戀而成婚，一旦女色衰退，男人喜新厭舊之心便因之而起，而被遺棄的女人，在周代可真的是無立身之地。一方面要承受感情的背叛，一方面又要面對社會的輿論，身心所遭受的壓力、痛苦，為何都是女人來承擔？女人的角色真的都是弱者嗎？幾千年前就已

經有的經驗，卻都無法警戒現代的男女，「情」這個字到現代仍無解。

這首詩一開頭即敘述這個男子主動來和女子認識。在不斷的追求下，男子擄獲芳心，彼此陷入熱戀。戀愛中的甜言蜜語，山盟海誓，女子沉醉其中，很快的論及婚嫁。結婚三年，操勞持家，可以想見當初清純可愛的模樣已刻滿了風霜，每天為了柴米油鹽辛勞，甜言蜜語變成蠻橫謾罵，山盟海誓，言猶在耳。如今一個人帶著傷痛回娘家，還得忍受兄弟的冷嘲熱諷，更加深自己識人不清的懊悔。

外遇、婚變，時有所聞，電視劇也經常上演這類的戲碼。試以蕭颯〈給前夫的一封信〉為例，令人驚訝彷彿〈氓〉詩中的棄婦重現，女人在婚姻裡一直重蹈著千年前的命運，不禁令人嘆惋。

〈氓〉

桑之落矣，其黃而隕。自我徂爾，三歲食貧。三歲為婦，靡室勞矣！夙興夜寐，靡有朝矣！

〈給前夫的一封信〉

婚後為了追求理想不停的工作，生活裡除了工作好像再沒有其他，又身兼妻子和母親、職業婦女多重角色的我，一顆心從來沒有鬆懈的一刻。

女子結婚後，為了家庭生活，不辭辛勞的付出，結果換來丈夫的嫌棄、背叛，社會上許多這種案例。

〈氓〉

于嗟女兮，無與士耽。士之耽兮，猶可說也；女之耽兮，不可說也！

〈給前夫的一封信〉

一心一意只想做個賢慧的妻子，甘願過沒有自己的日子，成天只以你的喜怒哀樂為情緒，絕不做你不高興的事，絕不跟你不喜歡的人交往，絕不穿你不愛的衣服……十幾年來，我甚至沒有什麼朋友，加上我跟養育的娘家關係一直不親，生活裡，除了你，就真的再沒有其他的「人」了。

俗諺說：「男子癡，一時迷；女子癡，無藥醫。」果真如此。

〈氓〉

言既遂矣，至于暴矣！

〈給前夫的一封信〉

爭吵、謾罵……你早已經不像是你，對待我言語殘酷。

氓之蚩蚩不再，載笑載言，隨風而去。如今有的只是不堪入耳之語。

〈氓〉

淇水湯湯，漸車帷裳。

〈給前夫的一封信〉

我因為對舊居的眷戀，一直捨不得搬家；可是這次的變故，使我毅然的決定要帶了女兒換個新的居住環境，一切重新開始。

〈氓〉

女也不爽，士貳其行。士也罔極，二三其德！

〈給前夫的一封信〉

雖然說，為了那名介入的女子，我們曾經爭吵，但是我從未相信我們之間的緊密關係，真有第三者能夠闖得進來。晚飯時候，終於打了電話回家，一樣說要加夜班，我也信以為真。

〈氓〉

靜言思之，躬自悼矣！及爾偕老，老使我怨。淇則有岸，隰則有泮。

〈給前夫的一封信〉

當然，一天裡是有足數的二十四小時，我並不能每一分每一秒都將自己控制得平靜、無怨。一天裡總有幾次片段的時刻，我會刺心的感覺到自己的痛，恨不得立刻抓起電話找你理論、謾罵，讓你知道是如何虧欠了我……但大部分時候，我都努力的平息了自己。

除了真理外，世間少有不變的東西。人的想法變得很快，舉凡態度、觀點、做法、信念等等，無一不在變。因此，千年前的遭遇，千年後仍舊重演，但是我們知道，大自然的法則是如此運行，就應該有應變之道。兩人之間的相處，很難說誰是誰非。〈氓〉詩裡的男子以及蕭颯文章中的前夫，他們有他們的想法，感情生變，或許他們也猶豫、掙扎過。事情沒有絕對，身為現代女子對於婚姻的觀念應該有所覺醒以及應變之道，而不再只是逆來順受「我心傷悲」的孤獨離去。

如何再回去

〈衛風．河廣〉

賴育槿

是什麼原因讓大家圍在一起？好奇的她硬是擠開了人潮湊近去看，身旁的人七嘴八舌的討論著，帶著疑惑的眼神，她看著眼前的一切，「唔，那個人……」

「為什麼又不回來了？」這句話出現頻率愈來愈頻繁了。掛掉電話後，她緊皺的眉頭仍然沒有鬆開，揉了揉太陽穴後，接著癱坐在沙發上。面對他們愈來愈尖銳的逼問，有那麼一點累，她思考著究竟是從什麼時候開始，一切漸漸脫離常軌？

她心裡一直清楚明白：他們從一開始就是反對的，對於她所做的決定，以及決定後她的離開。她也知道為什麼他們最後仍選擇放手讓自己去闖、去飛，只因不想牽制她的人生。

說好了會常常回家不讓他們擔心，一開始她的確也放任自己三不五時就跑回家任性的撒野，像個女王般的被他們寵著。但人總會因外在的改變而有所成長，在習慣獨自面對與承受一切時，她當女王的次數便慢慢減少了。對於週末的到來，總是有那麼點焦慮，電話那頭傳來的失落壓得她快喘不過氣來，即使他們總是用不在意的口吻或尖銳的咆哮來掩蓋所有情緒。

誰謂河廣？一葦杭之。誰謂宋遠？跂予望之。
誰謂河廣？曾不容刀。誰謂宋遠？曾不崇朝。

第一次離開家換了個軌道，這裡的一切連空氣、水、氣溫都是如此的陌生。每晚伴著她入眠的是那因過敏而發腫的眼睛，就像鬧劇一般的，感冒發燒此時也紛紛找上門。終於撐到了星期五，不顧一切的提起行李跳上車回到熟悉的地方。當第一杯水下肚，所有的症狀全都好了，原來只是水土不服在作怪。此時她有個衝動，要不乾脆就留在家吧！兩天後，她又回到那對她而言是病體集中營的城市。

她開始打破原本既定的模式，強迫自己養成新的習慣面對眼前的一切。每當午夜十二點一過，就開心的在記事本上消去一天，感覺每劃下一筆就離家更近一些。然而計畫永遠趕不上變化，自古以來就是不變的定律，「這個週末突然有事不能回去了」這樣的話語出現的頻率漸漸增加。慢慢的，她也不再堅持消去行事曆上的日期，而是不斷更改預定回家的日期。

眼前的一切令人如此的煩躁，她拿起手機按下撥出鍵：「今天比較冷，你們有多穿一些嗎？」「我當然有照顧好自己，壯的跟頭牛一樣，你們不用擔心啦！」「拜託要想我哦！等我回去。」電話那頭的溫暖，始終是她強而有力的靠山。掛掉電話後，她知道軟弱不是此刻該有的念頭，必須加緊腳步完成所有的一切，才能真正重回溫暖的懷抱。

誰謂河廣？一葦杭之。誰謂宋遠？跂予望之。
誰謂河廣？曾不容刀。誰謂宋遠？曾不崇朝。

致親愛的妳：
曾經妳在視訊的那頭笑著說，方框框裡的人事物比較吸引人，距離會增添更多的想念。可是妳知道嗎？我們要的從來就不是虛無的想念。可以不要只在小方框裡面傻笑嗎？這次我們想要的是好好的抱抱妳，不讓妳離開……

她在他們身旁卻始終無法觸及，彼此之間是如此的零距離，卻又遙不可及。如果再多思考一秒，是不是一切都將不同？面對他們崩潰的情緒、破碎的嗓音，任何話語都無法傳遞。一個沒有根的魂，該如何回去？她看著眼前的一切，多麼希望只是一場鬧劇。

「為什麼不回來？」『沒有不回去。』「為什麼說好了總是爽約？」『對不起變數太多了。』「我們很想妳，妳知道嗎？」『我知道，我也很想你們。』「如果當初我們更堅決反對，會不會一切都不一樣？」『我很謝謝你們支持我，很慶幸有你們當我強大的後盾。』「到底為什麼……」『對不起……』

在人潮中，她喃喃的回應著眼前聲嘶力竭的哭訴，但是卻已傳達不進他們的耳裡，看著被他們擁在懷中的自己，多希望此時此刻也能用力的回報他們，「對不起、對不起、對不起……」

誰謂河廣？一葦杭之。誰謂宋遠？跂予望之。

誰謂河廣？曾不容刀。誰謂宋遠？曾不崇朝。

永遠記得這份美好的情誼

〈衛風・木瓜〉

黃守正

投我以木瓜，報之以瓊琚。匪報也，永以為好也。
投我以木桃，報之以瓊瑤。匪報也，永以為好也。
投我以木李，報之以瓊玖。匪報也，永以為好也。

我喜歡這首詩，也常常在許多情境裡不知不覺的想起這些句子。記得第一次讀這首詩，心裡便洋溢著一種美麗的幸福感。詩中說道：「有人送我一個木瓜，我拿美玉回贈他。這不是為了形式上的酬答，只是想讓這美好的情誼，永遠留在彼此心中。」

詩中人為了讓彼此留下美好的記憶，便以美玉來紀念這份情誼。當然，這樣的詮釋，只是我乍看詩句時心中的獨白，對於文意的理解並非完全準確。其後陸續又讀了些許《詩經》的注本，才發現這首詩裡可能藏有更多不同的意義。

古老的《詩序》裡，援引了歷史故事來解讀這首詩，它說：「〈木瓜〉，美齊桓公也。衛國有狄人之敗，出處于漕，齊桓公救而封之，遺之車馬器服焉。衛人思之，欲厚報之，而作是詩也。」北狄侵略衛國時，衛國大敗。齊桓公不僅出兵解救了衛國的危機，更贈與物資協助衛文公重建家園。衛人因感念齊桓公的恩德而寫了這首詩，此詩的主旨正是在「讚美齊桓公」。《詩序》首先賦予了〈木瓜〉詩的詮釋情境，從此之後，歷代學者開演出不同的看法，如「臣子報恩」、「男女定情」、「朋友贈答」、「禮尚往來」、「諷刺衛國空言報齊」、「諷刺送禮行賄」等。似乎圍繞在這個主題上可聯想到的詮釋空間都被巧妙地發揮了。這些不同的解讀，相對於我最初的閱讀印象，提供了更豐富的思維想像。

儘管〈木瓜〉詩開展出多元豐富的解讀，但「感恩」的詮釋基調，依舊是我每次閱讀此詩最強烈的心情感受。

清代學者顧廣譽《學詩詳說》對此詩之詮釋頗具灼見，顧先生彷彿將我心底似懂非懂的感受說清楚了，他說：「齊桓之於衛，德至厚也。至厚者無可言，借施之薄者言之。謂人有薄施於我，雖厚以報之，猶若不足為報，而願永以為好，而況德之至厚者乎，雖不及感恩一語，而感恩無已之意，畢見於言下，此詩之善言情也。」雖是「厚德」，卻轉以「薄施」木瓜來替代，無非是要凸顯出心中的「感恩之情」。他人有少許恩惠於我，我都要謹記在心，何況他人有重恩於我，更要經常感念這份恩情。此種恩情難以回報，唯有以「美玉」來記憶這份美好的情誼。回報的禮物是一種心意象徵，不該以世俗的價值觀來衡量。在常人的眼中，「木瓜」與「美玉」並非等值的物品，然此詩所要表現的是「情」，若用同價之物品來對應，反成為俗氣的交易了。可見詩人以「木瓜」與「美玉」入詩，正巧妙的讓讀者去體會那難以言喻的象徵價值。

在法國動畫電影「嘰哩咕與女巫」裡，小黑人嘰哩咕在前往尋找智者爺爺的途中，曾在地道中拯救一群險遭鼬鼠傷害的小地鼠。地鼠們獲救後，紛紛以報恩的心情獻上禮物。小地鼠整齊的排好隊伍，雙手捧著禮物，恭敬的呈給恩人嘰哩咕。這時畫面中看到每隻小地鼠所準備的東西都不相同，有蜜瓜、鮮果、鮮花，甚至還有蜘蛛、天牛。這些不同的禮物對嘰哩咕來說，有些尚且合用，有的則令他摸不著頭緒。但仔細一想，似乎不難理解，這些不同的禮物，正是每隻小地鼠自己心中的寶貝，牠們真誠的想將自己最愛的東西回報與恩人分享。其中令人會心而笑的一幕，有一隻地鼠送給嘰哩咕一株美麗的扶桑花，竟隨即在玩樂中，自己忍不住又將花吃了。

小地鼠誠心的獻上自己所愛的事物與恩人分享，這份真情是可貴的。牠不僅沒有心機，更不曾去考慮贈物的價值。當然，人際關係不能如地鼠一般。送禮時總得「三思後行」，不僅要斟酌是否適當得體，有時還須顧及是否隱藏後續危機。原本單純的「感恩」心靈之美，相較於後來衍生的送禮文化，甚至成為利益交換籌碼、賄賂等送禮弊病，實在是令人不勝唏噓。

幸福不在於擁有，而是懂得感恩。每個人一生中都領受著太多不同的恩情，父母、師長、親人、愛人、友人，這些美好的記憶，都值得我們收藏，經常品味。如顧先生說：「惟其歉然，常若無物可以報之，則報者之情，施者之德，兩無窮也。」受施者長存感恩之心，懷念施恩者之德行，甚至覺得無法以世俗的物品來回報。唯有「永以為好」，永遠記得這份美好的情誼，守著一顆感恩之心，讓心情變得柔軟，洋溢著滿滿的幸福感。

禮輕情意重

〈衛風．木瓜〉

蘇怡妃

投我以木瓜，報之以瓊琚。匪報也，永以為好也！
投我以木桃，報之以瓊瑤。匪報也，永以為好也！
投我以木李，報之以瓊玖。匪報也，永以為好也！

以前讀到這首詩時，直覺的認定這是一首愛情詩。因為曾經閱讀過安意如賞析〈木瓜〉一文，她說：「在仲春之月，男男女女聚集在一個風光明媚的地方，互贈水果或鮮花」，所以我腦中很自然地浮現，互相喜愛的男女交換禮物的場景。當男子對喜歡的女子唱情歌時，女子主動贈予果子回應，並很快地得到男子願結百年之好的回復。感到受當時社會風俗的樣貌，還有男女之間感情的純粹，不若現今社會這麼地複雜。

隨著對《詩經》更為廣泛的閱讀和研究，愛情說逐漸從我的理解中消退，朱熹

《詩集傳》：「疑亦男女相贈答之詞，如〈靜女〉之類。」連朱熹都不敢肯定，留下很大的解詩空間給讀者，我也不再認為這首詩完全寫的是愛情。《詩序》：「〈木瓜〉，美齊桓公也。衛國有狄人之敗，出處於漕，齊桓公救而封之，遺之車馬器服焉。衛人思之，欲厚報之，而作是詩也。」從《詩序》來看，這是衛國為了感謝齊桓公的幫助，投桃報李之作。崔述《讀風偶識》：「即以尋常贈答視之可也。」更是把這首詩的詮釋解放到一般尋常人際間的贈答。如此解詩，看來比前人親切許多，原來《詩經》不離日常人情世故！

你贈給我瓜果，我回贈你美玉，不是為了答謝，而是為了彼此間情誼能永遠相好。回贈物品的價值比起受贈的東西貴重太多，不用物質衡量彼此之間的感情，而是珍惜彼此之間的交情。因此回贈的物品，它的價值高低就不是很重要。這樣的情感看重的是人與人間互相的心意，在一投一贈的熱情中，流露出彼此對情意的珍視。

這讓我想到之前母親節時，送了母親一束康乃馨，再加上一句「母親節快樂」，母親便非常的開心。那束花最後被作成乾燥花，讓我才理解到，雖然不是很貴重的物品，但是對為你付出的人有所回報，對方會非常開心。珍重、理解他人的情意，這便是最好的回報，哪怕是再微薄的禮物。當這首詩從贈答的角度來看，讓我想到這件事，有一種恍然大悟的感覺，原來詩裡頭早已告訴我們，只是有沒有讀懂它罷了。

常言道「君子之交淡如水」，我想這淡是指物質的淡，淡到像水一樣的清，但是情感卻相當的濃厚。所有的情感都無法用物質來衡量，用心體會，用行動回饋，珍惜周圍的人，我想，這是這首詩主要的意旨。

愛在黃昏時
〈王風・君子于役〉

王邵逸

君子于役，不知其期；曷至哉！
雞棲于塒；日之夕矣，牛羊下來。
君子于役，如之何勿思！
君子于役，不日不月；曷其有佸？
雞棲于桀；日之夕矣，牛羊下括。
君子于役，苟無飢渴？

作為中國第一部詩歌總集，《詩經》開創了眾多詩史之最，〈王風・君子于役〉便是其中一個典型，它可以稱得上是中國史上最早的日暮懷人之作。跟著詩人描寫的情景，我們閉目冥想，似乎看到了一位妻子駐足門前極目遠眺，眼看夕陽伴著黃昏緩緩墜落地平線，家裡的牛羊雞等牲畜也陸續回巢，卻不見心愛的丈夫服役歸來。

「不知其期」、「不日不月」，不知道主人翁已經等了多久，半年、一年或是十年，也不知道她還要繼續等多長時間，會不會就此容顏消逝、韶華不再，在最美麗的時刻接受分別，從此天各一方？倘若主人翁能看到兩千多年後沈從文的《邊城》，一定會對小說朦朧的結尾拍手叫絕：「有的人也許永遠也回不來，也許明天就回來。」

黃昏是懷人的絕好時刻，經過一天的辛勤勞作，日暮西山，夜涼如水，牲畜歸巢，良人不在，詩人以獨到的眼光和生活經歷巧妙地捕捉到了這個細節，襯托出主人翁濃濃的思念和深深的愛戀，不得不令人擊節叫好，也難怪後世會出現不計其數的黃昏懷人之佳作。無論是關漢卿的「卷地狂風吹塞沙，映日疏林啼暮鴉。滿滿的捧流霞，相留得半霎，咫尺隔天涯」，還是趙令時的「惱亂橫波秋一寸，斜陽只與黃昏近」，抑或是納蘭性德的「誰念西風獨自涼？蕭蕭黃葉閉疏窗，沉思往事立斜陽」，都寄託了抒情主體對離人的相思和離別的哀愁。那個人現在在哪裡呢？有無飢餓、寒冷？是否一切安好？……黃昏，濃縮了眾多的愛和情，綿長而又深刻。

南宋詞人李清照憑著女性特有的細膩和敏感，曾寫下〈怨王孫〉一詞：

帝里春晚，重門深院。
草綠階前，暮天雁斷。
樓上遠信誰傳？恨綿綿。
多情自是多沾惹，難拚捨。又是寒食也。
鞦韆巷陌人靜，皎月初斜，浸梨花。

同是黃昏懷人，不同於〈王風・君子于役〉中的女子，易安居士於暮春的黃昏高樓懷遠，時光自然流逝，把對丈夫趙明誠的思念融於鞦韆、阡陌、冷月、梨花之中，深深的庭院阻斷了生氣盎然的大自然，也阻斷了自己與愛人的溝通，怎奈無人鴻雁傳書？

這首詞是李清照新婚不久的作品，聯想到她與趙明誠門當戶對、舉案齊眉的家室與愛情，不得不讓人浮想聯翩：李清照後悔沒有和丈夫一同出遊，庭院外的綠草紅花、滿目春色因沒有愛人一同欣賞而頓然失顏色，「壞明誠，竟然不帶我一起出去玩！」調皮、單純的形象躍然紙上，思念之情溢於言表，不禁讓讀者啞然失笑。

思鄉亦是古代詩詞的一個重要主題，漂泊在外的遊子嚐盡了風雨飄搖的苦痛和孤寂，羈旅的風霜讓多少遊子白了頭髮，苦了眼淚，故鄉在某種意義上也成了遊子精神的寄託，溫柔、包容、可親。而黃昏，也常常成為遊子思鄉的意象，黃昏中柔和的陽光、低矮的平房、裊裊的炊煙、雞舍的咕咕聲都能引起遊子對故土的愛，以及淡淡的憂傷。

「孤雲與歸鳥，千里片時間。念我一何滯，辭家歸未還。微陽下喬木，遠色隱秋山。臨水不感照，恐驚平昔顏」，晚唐詩人馬戴在黃昏之時眺望落日青山，運用誇張的手法，藉由孤雲和飛鳥片刻之時能回到故鄉，與自己久滯在外的對比，訴說了對故鄉的思念；「晴川歷歷漢陽樹，芳草萋萋鸚鵡洲。日暮鄉關何處是，煙波江上使人愁」，崔顥登上黃鶴樓，望著晴川漢樹變成芳草凋零的今非昔比的景色，濃濃的鄉愁油然而生；「烽火城西百尺樓，黃昏獨坐海風秋。更吹羌笛關山月，無那金閨萬里愁」，王昌齡將戍邊將士獨坐吹羌笛的情景生動地展現在讀者面前，烽火、黃昏、海風、秋景融為一體，感情雄渾悲壯。

最具有代表性的莫過於馬致遠的〈天淨沙・秋思〉：

枯藤老樹昏鴉。
小橋流水人家。
古道西風瘦馬。

夕陽西下，斷腸人在天涯。

詩人巧妙堆積了枯藤、老樹、昏鴉、小橋、流水、人家、古道、西風、瘦馬、斷腸人、天涯等十一個意象，短短二十八個字，卻蘊含了深深的哀愁。黃昏時分淒冷悲傷的意境平添了幾分鄉愁，也讓讀者浮想聯翩：作者或許是為博得功名的學子、或許是被貶他鄉的離人、或許是出征在外的兵勇、或許是無家可歸的流民。也許他們早已無家可歸，也許他們還有心願未成……但無論如何，他們懷著同一顆思鄉之心，有同一份思鄉之情。因而在後世引發無限的共鳴，得以流傳千古，百世留名。

黃昏之所以成為古往今來人們抒發愛意和思念的意象，與中華民族的生活方式和心理特徵有關。首先，中國歷來是一個以農耕文明為特色的國家，幾千年「日出而作日入而息」的生活方式，讓人們對太陽有了特殊的依賴。日落西山，黃昏原本是與家人團聚、共享天倫之樂的美好時刻，面對冷清的家庭，更見傷感。其次，晝夜在中華民族心中也有特殊的含義，一日之計在於晨，清晨給人的印象往往充滿了生機，而黃昏是白晝與黑夜的臨界點，黑夜給人無盡的恐懼、無望與孤獨，對於獨自在家的人或者漂泊在外的遊子而言，黃昏更容易讓人產生悲傷與淒冷。因此，我們也就不難理解黃昏在古典詩詞中頻頻出現的原因了。

此情可待成追憶，只是當時已惘然

〈王風・大車〉

傅怡婷

大車檻檻，毳衣如菼。豈不爾思？畏子不敢。
大車啍啍，毳衣如璊。豈不爾思？畏子不奔。
穀則異室，死則同穴。謂予不信，有如皦日。

不在乎天長地久，只在乎曾經擁有

曾經有一則廣告說過：「不在乎天長地久，只在乎曾經擁有。」不管在古代或是在現代，身為女性，總是希望在活著的短短幾十年間能遇到真心相愛的人，一個你願意付出一切去交換、願意為他甘於平淡的人，那個人我深深愛著，而他亦深深地愛著我。

幸福如履薄冰，所以我們戰戰兢兢

然而感情不能僅是單方面的一廂情願，因為那只能稱為單戀，就算勉強走下去也不會幸福。感情著重的是雙方心靈的感受，而在擁有的過程中必然會經歷許多社會現實面的阻撓與考驗，有可能是世俗眼中所謂的金錢、名利或是美貌，然而在經歷了許多考驗後，等待著的必然是豐碩的果實！但要達到那目標似乎沒這麼容易，因為在追求幸福過程中所發生的事物，往往使我們更加地戰戰兢兢、如履薄冰，既怕它來得太快，我們不懂得珍惜，又怕它去得太快，讓我們失了心、慌了手腳。而且，由於我們無法實際掌握這瞬息萬變的情感，所以當幸福來到時，我們只能抓緊它、守護它；在失去時，不眷戀地勇敢往前走，因為我們至少擁有過這一段美麗的回憶。

而〈大車〉這首詩就是屬於這種，女子對男子的愛很深，就算是因為男子的原因導致了現在的局面，仍認為他會回頭跟自己在一起，而發下的誓言也看出女子的傻氣以及勇氣，傻是指為這段已無未來的感情執著著；勇氣則是指她是《詩經》中少數女子為愛突破封建禮教的束縛，態度積極、剛烈、執著，顛覆以往女子婉約柔軟的形象。雖然結局並沒有很美好，但這種精神也開後代無數剛烈女性追愛的先例。

心就像花一樣，凋零亦有美感，一種殘缺的美

這首詩起於我們的聽覺，沉重地車輪聲響起，伴隨著自己日思夜想的人影，是他……對，這個人是他……在對到眼的當下，過往的回憶突地襲來，忽然覺得愛情在瞬間離我們好近，但又好遠，想著之前的濃情蜜意，對比現在，明明相距咫尺，但兩顆心的距離卻已遠到快看不見盡頭，但是，為什麼會變成這樣？因為你不敢、你沒有為愛情努力的勇氣，也沒有非要帶我一起走的決絕，你難道不愛我嗎？難道都不會想念我嗎？……我很想你。背景沉重的行駛聲不斷地繚繞在耳邊，這時女主角的心也不免像那沉重的聲響一樣難過、低落，然而或許是想要再次嘗試挽回男子，女子當即唸出對男子真摯深刻的誓言，希望男子能瞭解她對他的愛情沒有因為男子的不勇敢而有任何的改變，並且蒼天可鑑！然而回答呢？沒有，也或許在詩末隨著那低沉的聲響漸漸遠去，徒留孑然一身的女子深深的遺憾。

轉身，放下

在古時候父權社會的體制下，女子往往都遵從著在上的長輩，就連關乎自己一生的婚姻大事也是一樣，完全沒有所謂的自主權，更沒有自由。

或許是在對那樣壓抑的社會有了反彈，又或者這是在各個社會背景下都會有的

結果，女主角勇敢地面對了她的愛情，也間接反抗了大時代社會所給予的束縛，她大方的談愛，不像過去女子只能躲在閨房中偷偷地想，或者連想都不能想。雖然情愛的捉摸不定讓人患得患失，但這過程卻是幸福的，然而這種私下的交往並不被世俗所允許，兩人若堅持要在一起，所面對的將是重重的關卡，加上女子的家世背景或許沒有很好，這個時候男子被迫在愛情與麵包中做出抉擇，而他選擇的是麵包。或許是認為最起碼還要能在這個地方立足、過生活，而愛人可以再找過，但若是選擇兩人雙宿雙飛，將要面對的是一切從零開始、什麼都沒有的生活，然而貧賤夫妻百事哀呀！這樣撐到最後，或許就真的會落到什麼都沒有了。

再次的見面，男子的容貌仍然沒有多大改變，依然是我最愛的樣子，我怎麼會不思念你呢？叫我怎麼捨得忘記你呢？……我是這麼的愛你，但是為什麼當初的你沒有能帶我離開的決絕呢？從這種類似自言自語、小小聲抱怨的語氣中也能看到女子對男子的情是那樣的深刻。最後，或許是看清現實的狀況，明白在今生都將無法達成她的願望，所以將自己對男子的愛情訴諸在深刻的誓言上，就算活著做不成夫妻，但死後可以合葬在一起！這話很傻，卻很真摯。

男子的沉默不知是因為無以回報，又或者是因為已不眷戀什麼了，都好、都不重要了，因為他的身影已隨著那如自己心一般沉重的車輪聲離開了……那我呢？該何去何從？在淚水滑落的瞬間我就明瞭，我將帶著這顆受傷的心毫不猶豫地向前走。

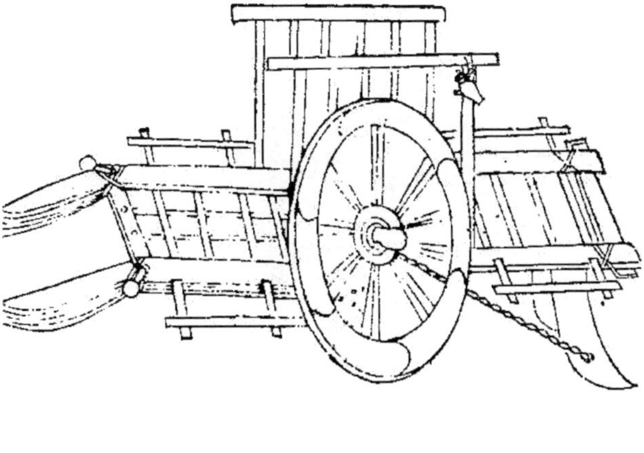

不要爬牆來看我

〈鄭風．將仲子〉

盧可凡

當愛情開始時，誰也無法預料將會愛上什麼人；但是當遇到所愛的那個人，不知是否能為父母、家人接受時，那將是最為忐忑難安的事了。自古以來，婚姻都是經過父母安排、媒妁之言的，當事人無法自主，萬一所愛的人和父母安排的不同時，就只能承受所有的痛苦了。

將仲子兮！無逾我里，無折我樹杞。豈敢愛之？畏我父母。仲可懷也；父母之言，亦可畏也。
將仲子兮！無逾我牆，無折我樹桑。豈敢愛之？畏我諸兄。仲可懷也；諸兄之言，亦可畏也。
將仲子兮！無逾我園，無折我樹檀。豈敢愛之？畏人之多言。仲可懷也，人之多言，亦可畏也。

全詩以女子的口吻來述說這段戀情的曲折，開頭前三句就先以「將仲子兮」，來請求心愛的人，不要再來我家看我了，不要再踰越我的里，不要再翻越我家的牆，因為從牆上翻下來時會折斷樹枝，就會被家裡的人發現而責怪。從場景的由遠而近，其實還是可以看出女子對她所愛的人到來的期待。暗中幻想著他一路上過來的情景；但卻又希望他不要來，心情是如此的矛盾複雜。

要對自己所愛的人講出這樣的話，其實是非常難的。當愛上一個人時，無時無刻都會想和他在一起，只要和他在一起，才能一解相思想望之情；但是這個熱戀中的女子卻要求自己所愛的人別再來看她，這是多麼痛苦的克制啊！開頭前三句，已經包含了女孩對他無限的愛憐，違心的要求，和強烈的情感。

第四、五句，向愛人仲子解釋為什麼不要他來看她，不敢在眾人前展現對他的愛，是因為懼怕自己的父母、兄弟，和眾人的眼光，在古代那種保守的封建社會中，眾人的言論，就足以殺死一個人，對於一個年紀尚輕的女子來說，更是一種無形的壓力，使得自己不能隨心所欲的愛他，只能要他別再來了，以免來自各方輿論的壓力。

最後幾句，女子怕他的愛人心裡會受傷，擔心是不是不愛他了，才要求他不要再來，又急著向他解釋：「我其實還是非常愛你的，只是因為我畏懼父母的責罵，兄弟的不諒解，和左鄰右舍的閒言閒語，所以希望你不要再來看我了，我還是非常愛你的。」透過溫婉的勸慰和解釋，女子也漸漸接受了這樣的理由。

在保守的封建社會，女子除必須服從父母外，連兄長也具有強大的約束力，所以兄長對女子來說，也是另一層的壓力，男子翻牆來和她會面，要是被左鄰右舍看見了，那更是不得了，所以女子狠下心來，要愛人別再來了，但說這話的同時，她的心卻又像是刀在割，只好透過勸慰愛人的語言，也順便告訴心裡的自己，這樣下去是不行的，這段戀情不能這樣明目張膽的進行。

全詩雖不見女子的泫然哭泣，但從她的呼告輕喚聲中，讀者聽見了無聲的低泣，糾結纏綿的情意流洩詩中，扣人心弦。

像〈將仲子〉詩中女子擔心所愛不被父母、家人接受的情形，在現代開放多元化的社會，這種事情還是很常見的。電視劇「流星花園」中，最有錢的財團公子道明寺，愛上家裡貧窮得連學費都付不起的杉菜，本來很相愛的兩個人，卻不得不因道明寺媽媽的反對而被迫分隔兩地。或者是有一些男女交往後，因為某一方的家長不喜歡對方，到最後也會成為他們之間吵架的源頭，很多人分手的原因是因為「我媽媽不喜歡你」、「我爸覺得你配不上我」，或者是「我爸媽覺得我們在一起沒有前途」等等理由，到現在都還是常常可以聽見的。當然〈鄭風・將仲子〉裡描寫的這種事情雖是不得已的，但是如果知道對方還是愛著自己，就會有勇氣再堅持下去，或許終於可以等到那一天，他們還會有機會在一起，只要不輕易放棄就好。

跨越拘束的愛

〈鄭風．褰裳〉

謝佳臻

〈國風〉一百六十篇詩中，就有超過一半是關於愛情與婚姻的，真實地反映了當時代的男女關係，寫出了他們從戀愛至結婚過程中各種不同的感受，充分彰顯了人性最原始真實的一面。

當時代的男女關係，從戀愛至結婚過程中，各種不同的感受都以最質樸，最深刻的口吻描繪出來，戀愛、結婚與禮法制度的矛盾和家庭生活的各個方面，都有所觸及。

當時社會雖然民風敦厚，但仍有未受禮教桎梏，毫不掩飾對於愛情的熱烈追求、渴望的作品，充滿了活潑自由的氣息。熱烈卻浪漫，清新且純淨，這種作品表現出了在愛情前面，人人皆是自由平等的個體價值。

子惠思我，褰裳涉溱。子不我思，豈無他人？狂童之狂也且！

子惠思我，褰裳涉洧。子不我思，豈無他士？狂童之狂也且！

這樣一種爽朗而乾脆的口吻，正是出自一位潑辣女子的心聲。直白的試探男子，大膽自信的表白方式，無拘無束的流露出自己最真實的情感。

「子惠思我，褰裳涉溱。」女子要男子拿出愛的證據，若是有情有意，應該排除萬難渡過溱水前來，女子的言詞絲毫不害臊的擺脫矜持。

下二句更是理直氣壯的誇口「子不我思，豈無他人？」你若是不愛我，難道沒有別人會愛我嗎？女子用這樣富有挑釁的言語，實質上是一種打情罵俏的口氣，想藉由激將法將男子的真情意引誘而出。

然而這樣的潑辣還不夠過癮，末句女子再以奚落的口氣，又是戲謔又是親暱的罵男子是個「傻小子」！女子直率坦誠的形象躍然紙上，不用透過肖像的描繪、不用透過行動的刻劃，僅僅幾句話完整勾勒出了女子渴望愛情，甚至大膽奔放的追求所愛。

這樣的作品在溫柔敦厚的《詩經》中，可說是獨樹一格。在所愛面前，哪有所謂的階級制度，更沒有所謂的禮教束縛，當愛情出現障礙之時，對於所愛總是積極主動的追求，這是亙古不變的永恆真情。

活潑生動的氣息在〈邶風・靜女〉亦可見到，「靜女其姝，俟我于城隅；愛而不見，搔首踟躕。」講述了一對，相愛的男女幽會的過程。男子到了相約之地，才發現女子不在，男子急得搔首踟躕，這才發現原來是女子故意躲起來。深刻的描繪出了男女之間交往的情趣。相愛便是如此，真實而簡單。在愛情的國度裡，他們只屬於彼此，沒有任何的禮法能夠拘束他們熾熱真切的愛情。

細讀此詩，其實是在戀愛過程中的「追求」。而追求也正是《詩經》中最大的特色，在追求的過程中，有焦慮的等待、無奈的單戀或者歡欣的互動，在《詩經》中都有生動的描寫。

舉例而言，《詩經・周南・關雎》中，以一句「求之不得，寤寐思服，悠哉悠哉，輾轉反側。」深刻的道出了，在漫長的黑夜裡，因為內心牽掛，致使無法入眠，這是一種幽怨的等待。

而〈召南・摽有梅〉中的等待，卻是沒有對象的向天渴求。感傷於自己年華將要逝去，而內心著急的等待，男大當婚，女大當嫁，這個道理遲婚的懷春女子也明白，因此開始呼喚那些有意求親的男子們趕快行動。這是一種焦急的等待。

反觀〈褰裳〉的獨到之處，便是它擁有一種現代性的氣息，不見傳統禮教的束縛，個人意識相當的鮮明。這是一種最貼近於自然的情感，建立於一種自由選擇的狀態。禮教拘束了外在行為的表現，卻無法禁錮任何人的內在精神，在這首詩中清楚可見。

只要見到你

〈鄭風．風雨〉

蔡欣媚

風雨淒淒，雞鳴喈喈。既見君子，云胡不夷？
風雨瀟瀟，雞鳴膠膠。既見君子，云胡不瘳？
風雨如晦，雞鳴不已。既見君子，云胡不喜？

戀愛的另一道難關，是相思。

金庸《神鵰俠侶》中，程英見了楊過，一遍又一遍在紙上寫著「既見君子，云胡不喜？」就這麼兩句話，簡簡單單八個字就道盡了見到自己心儀之人的狂喜。

這八字語出〈鄭風．風雨〉，全詩三章複沓，情景交融：寫風雨淒淒、瀟瀟、如晦，見到你之前我的內心就像外頭一樣狂風暴雨，而外頭的雞不放棄啼叫，就像我不放棄等待你，親愛的你啊，你會來嗎？你能到來讓我見上一面嗎？下句後寫既見時的放心、病癒、喜悅，剛剛外頭呼嘯的風、狂暴的雨，都好像在你出現的那一瞬間放晴了，只要看見了你回來，親愛的，我的心痛怎麼會不痊癒呢？全詩層層遞進，兩相對比，讀者很容易想見其思念之情──只要能見到你，就好了。

詩人余光中〈昨夜你對我一笑〉這首詩，也頗能呈現那種見到心儀之人一顰一笑都使我高興的心境：

昨夜你對我一笑，
到如今餘音嫋嫋，
我化作一葉小舟，
隨音波上下飄搖。
昨夜你對我一笑，
酒窩裡掀起狂濤；
我化作一片落花，
在窩裡左右打繞。
昨夜你對我一笑，
啊！

我開始有了驕傲：
打開記憶的盒子，
守財奴似地，
又數了一遍財寶。

——就是你對我笑一笑啊，外面就算颳了一整夜的風，下了一整夜的雨，我的心裡也是暖如春陽的啊！

情竇初開的少女情懷
〈鄭風・子衿〉

李蕙如

《詩序》以為〈鄭風・子衿〉是諷刺鄭國學校荒廢，學子遊手好閒不願學習之詩，但從文字中似乎看不出有此層涵義。「衿」即襟也，衣領也；毛《傳》說：「青襟，青領也。」《顏氏家訓・書證篇》有「古老斜領下連於衿，故謂領為襟」之言，毛《傳》以青襟是中國古代學生穿的藍領制服，遂說此詩為「刺學校廢也」，以詩本文衡之，責難學生不上學而在城門樓上遊蕩一說實難以信之。

唐代詩人張九齡寫下愛情詩〈自君之出矣〉「自君之出矣，不復理殘機。思君如滿月，夜夜減清輝。」描寫一位女子思念丈夫之情。女子不復理機杼，全因思念良人而無心勞作，舉頭望月當知歸鄉之期，含蓄地以月之圓缺朗晦，言自己形色憔悴全是思君所致。整體不言相思之切，而相思之意已溢於言表。自君之出矣，晝短苦夜長；思君如孤芳，榮謝無人知。自君之出矣，舊景獨徘徊；思君如寒冰，日日消形體。〈鄭風・子衿〉的女主角，就是這樣的心境吧！

青青子衿，悠悠我心。縱我不往，子寧不嗣音？
青青子佩，悠悠我思。縱我不往，子寧不來？
挑兮達兮，在城闕兮。一日不見，如三月兮！

二千多年前春秋時代鄭國的一對情侶情正濃烈，相約見面，再攜手同去城樓散步。起先少女姍姍來遲，到達城樓之上，一心掛念的情郎卻久候不至。於是，開始懷想情郎經常穿的青色領襟，佩掛著青青的玉珮，思念更加綿綿不絕；青色的玉珮與衣裳，本是平常之物，但是因為不住的思念，都成了詩中的焦點。

等待再等待，徘徊再徘徊，心上人仍是不來，感情如潰堤的洪水將少女的矜持沖毀，終於把內心焦急的心思赤裸裸地袒露而出，即使我沒有準時赴約，難道你就不能留個音訊？即使沒有前往等待，難道你不會主動前來？久盼情郎不至的少女，不怪自己失約，卻怪對方使壞。她在城樓上來回徘徊，往復流連，頻頻企踵，望眼欲穿，就是想見那深愛的情人，一天不見你一面，宛若有三個月那般的久遠！這首鄭風的民歌，將戀愛中少女的嬌嗔癡情，悠悠不盡的情思，表達的委婉細緻。

李清照少女時期的一首詞〈浣溪沙〉，詞中如此寫道「秀面芙蓉一笑開，斜飛寶鴨襯香腮，眼波才動被人猜。一面風情深有韻，半箋嬌恨寄幽懷，月移花影約重來。」李清照藉由摹寫一個少女的情態，不僅生動地勾勒出她嬌俏動人的外貌，而且也展現出少女天真大膽的性格，將其蘊藏在心底深處細緻幽微的情感，一個熱戀少女等待情人的嬌憨情態表露無遺。

多年以後的曹操也用了〈鄭風．子衿〉全然相同的一句話，但是境界與涵義卻迥然不同。曹操〈短歌行〉中「青青子衿，悠悠我心」是男人之思，是一位王者的政治理想抱負，是對賢才的渴求，是對雄偉霸業的憂思。

〈王風．采葛〉「彼采葛兮，一日不見，如三月兮！彼采蕭兮，一日不見，如三秋兮！彼采艾兮，一日不見，如三歲兮！」所謂「樂哉新相知，憂哉生別離」，熱戀中的情人無不希望朝夕廝守，即使短暫分別，也似乎覺得時光漫長、難以忍耐。「三月」、「三秋」、「三歲」這種以情感改造時間的心理錯覺，真實地呈現情人間如膠似漆且難分難捨的戀情，看似癡言瘋語，卻也最能巧妙表達分離之心曲，足以喚起不同時代讀者的情感與共鳴。

〈鄭風．子衿〉中的少女登上城闕等待情人，高潮卻在「一日不見，如三月兮」的轉折間戛然而止，留給讀者無盡的想像與推斷，去補足作品中尚未表現的部分，留給讀者去吟味言外之意，琢磨弦外之音，這亦是我們欣賞文學所要培養的能力，也是我們在研讀作品時所可享受的樂趣。

彷彿，透過這首〈鄭風・子衿〉看見一位眼波流動、巧笑倩兮、美目盼兮的少女，滿懷不可耐的焦急等待與對情人又愛又嗔的嬌怨，獨自徘徊流連於城闕之上，執著不悔的等待之態。

無盡銷魂的思念
〈鄭風．子衿〉

陳皇男

一個人孤苦的等待，為何我假裝不去在意，你卻也不給我回應呢？古往今來有多少男女處於曖昧未明之中，卻因為開不了口，或是不敢主動而互相錯過呢？

青青子衿，悠悠我心。縱我不往，子寧不嗣音？
青青子佩，悠悠我思。縱我不往，子寧不來？
挑兮達兮，在城闕兮。一日不見，如三月兮。

此篇文章字數雖少，但用字遣詞中不難看出，女子對青青子衿的思念，但又很堅持，以至於不敢開口的羞怯。「青青子衿，悠悠我心。縱我不往，子寧不嗣音？青青子佩，悠悠我思。縱我不往，子寧不來？」前八句道出了對於青青子衿的思念之深長，還有兩人在曖昧之中，女方對於男方的心意以及動作感到不解及些許的生氣，畢竟在古代社會之中，女性是保守的，若想要再往前進，還是需要男方主動做出表示。

「挑兮達兮，在城闕兮。一日不見，如三月兮。」後四句代表在城闕上來回踩步，雖然只有一日未見，卻彷彿已經過了三月一般，漢代佚名詩〈鳳求凰〉說：「有美人兮，見之不忘，一日不見兮，思之如狂。」等待雖然有所期待，但實際上也是漫長難耐的，我們都喜歡思念，但沒有人喜歡思念帶來的附屬品煎熬，可是沒有經過思念這個過程的感情便不是愛情，即便再怎麼絢爛。

「許多的夜晚，許多次午夜夢迴的時候，我躲在黑暗裡，思念幾成瘋狂，相思，像一條蟲一樣的慢慢啃著我的身體，直到我成為一個空空茫茫的大洞。夜是那樣的長，那麼黑，窗外的雨，是我心裡的淚，永遠都沒有滴完的一天。」這是出自於三毛，描寫著人對於思念是如何的無力抵抗，或許再怎麼完美的愛情還是必須強行吞下思念的苦吧！

「思念是一種很玄的東西，如影隨行，無聲又無息出沒在心底，轉眼，沒我在寂寞裡。」思念是如此的無所不在，不會刻意想起，但仍會時時惦記著，才下了眉頭，卻又上了心頭，伴隨而來的自然而然就是愁了。等待愈久，思念與愁悵也愈發強烈，也恐雙溪舴艋舟載不動這許多的愁啊！

《詩經》的另一首詩〈采葛〉裡頭的句子「彼采葛兮，一日不見，如三月兮。」與〈子衿〉則有異曲同工之妙，企盼以及思念的表達方式與本詩相似，其思念的含蓄但濃烈亦可輕易看出。

還記得當看過這首詩之後，腦中第一個浮現的是李清照〈醉花陰〉裡頭有一句人人稱頌的名句「莫道不消魂，簾捲西風，人比黃花瘦。」這首詞是李清照與丈夫趙明誠分隔兩地時所寫，描寫思念讓人消了魂，而顯得比黃花還要消瘦，或許思念就是這麼樣讓人喜歡但卻又煎熬的一種情感，而從古至今亦不知有多少人為了思念而憔悴。

每次閱讀類似的文學作品，總會產生許多的感受。等待愛情是多數人所期盼的，讀了《詩經》、漢詩、李易安、乃至今日的村上村樹、藤井樹、穹風，許許多多的作家創造了觸人心絃的語句、篇章，或許想念不再那麼痛苦，那麼孤獨，或許今日的我們看了會有共鳴或是找到出口，人們該慶幸能將思念與等待訴諸於文字之中，再漫長的等待也能留下一條路讓人記得。

輕輕的、柔柔的、淡淡的，思念是亙古以來從來不曾被淘汰過的文學題材，無論古典現代，無論散文、詩，或是小說，甚至是今日的流行歌曲，總不乏敘述相思之情的作品，正因為有等待，所以愛情才顯得美好動人，而〈子衿〉中純純的思念與曖昧，正是打動我的主要原因。

弱水三千，只飲一瓢

〈鄭風・出其東門〉

王安碩

四月底的某個早晨，接到一則朋友傳來的簡訊：「欸！你的偶像王建民劈腿了！」乍聽此一消息，頓時睡意全消，心裡只有一個念頭：「怎麼可能？王建民欸？別鬧了！」而當我心存疑惑的打開電腦，才知道網路上早已一片腥風血雨，新聞媒體不斷深掘廣求事件始末，而臉書上的朋友們則是反應兩極，有人批判，有人力挺，但不論事件的是非曲折如何，無疑已為臺灣民眾平靜的四月天裡，帶來不小的震撼，也為臺灣民眾增添了不少茶餘飯後的八卦話題。

最初，心裡不斷的告訴自己，這是別人的家務事，我們實無置喙的餘地。但心裡還是忍不住的犯嘀咕：「我的天！如果連王建民都不專情，那還有哪個男人不會偷吃？」男人會見異思遷，出軌變心，真的是如影星成龍所說，是「全天下男人都會犯的過錯」嗎？那麼套句近日流行的話說，「出軌」這種行為，豈不算是一種「歷史共業」了嗎？

天下男人都是薄情寡義，見異思遷的負心漢、薄情郎嗎？當我讀完《詩經》中的棄婦詩如〈邶風・谷風〉、〈衛風・氓〉等作品之後，更是加深此一印象。然而身為男性，我又怎能坐視同類遭此污名？其實在愛情中，對感情忠貞不二，情比石堅還是大有人在，且看〈鄭風・出其東門〉一詩，就為我們介紹了這麼一位面對誘惑，卻能如山不動，心定情堅，專一所愛的好男人：

出其東門，有女如雲。雖則如雲，匪我思存。縞衣綦巾，聊樂我員。
出其闉闍，有女如荼。雖則如荼，匪我思且。縞衣如藘，聊可與娛。

詩中描述的便是一位深情專一的男子，面對眼前的美女如雲，非但沒有心猿意馬，為美色所誘，反而無動於衷，心志堅定，念念不忘他那樸實無華，穿著縞衣綦巾的意中人。詩中男子的情堅意深著實令人感佩，他面對色彩繽紛的花花世界，還能固守舊情，心繫愛人，如此情意，絕非一般人可以做到，這才是值得歌頌的堅貞愛情。南朝樂府民歌〈華山畿〉：「奈何許，天下人何限，慊慊只為汝。」真正的愛情或許就是這樣，即便天下有眾多的美女，也不能打動我的心，因為我心早已屬於她。湯顯祖〈牡丹亭題記〉：「情不知何起，一往而深。生者可以死，死可以生。生而不可死，死而不可復生者，皆非情之至也。」這些至情至性對愛執著的故事，歌頌愛情是可以跨越生死去追尋。這樣唯美的愛情，哪能像那些見獵心喜，三心二意，不知情為何物的庸俗人言說？

在二十一世紀高度的社會進化之下，面臨日益複雜的人事，生活中的誘惑更是有如恆河沙數，男女之間愛情，也需面對更大的挑戰；否則，一不小心便墜入了魔道，犯下「天下男人都會犯的錯」，輕則花名在外，有損名聲，重則妻離子散，自毀前程，那可真是得不償失！因此，若能像〈出其東門〉詩中那個男子堅持「弱水三千，只飲一瓢」的專情，不濫情，不錯愛，不論面臨外界多少誘惑，心裡唯一的那個人，是誰都無法取代的！這才是好男人應有的特質，這才是情真意厚的幸福愛情。看來，在擁有幸福之前，還必須認真學習情是什麼？好好反省自己是不是一個有情有義的人！否則沉溺在濫情的漩渦中，不僅害人，自己也會溺斃。是啊！不會風流莫妄談！

讓我們回歸田園生活吧！

〈魏風．十畝之間〉

洪浚沿

〈十畝之間〉此詩歷來解釋紛歧，《毛詩序》解為刺時。言國土小，民無所居焉。感嘆人民不能安居樂業；朱熹《詩集傳》則把此詩解為賢者歸隱之作。吾人讀之但覺詩中圖像生動，聲情並茂，儼然勾畫出清新恬淡的田園風光，透露採桑女輕鬆愉快的勞動心情。

十畝之間兮，桑者閑閑兮。行！與子還兮。
十畝之外兮，桑者泄泄兮。行！與子逝兮。

在以農業社會為主的周朝，此十畝之地，植栽了桑樹，詩言採桑者「閑閑兮」、「泄泄兮」可以充分感受到採桑者與世無爭的恬適感受。探討「與子還兮」、「與子逝兮」的視角，就像是在夕陽西下之時，暮色欲上，炊煙裊裊，一群採桑女群集返家的樣貌。比較陶淵明〈歸園田居〉：「晨興理荒穢，帶月荷鋤歸。道狹草木長，夕露沾我衣」，前者充滿了採桑的輕鬆歡樂，後者則蘊含着陶公的閑適超然；前者明快，後者沉鬱，貌似而神異。但讀此詩若以「妻子」之視角，言其勸勉丈夫放下官場束縛，回歸田園之樂，則又可讀出另番風味。

崔東壁〈讀風偶識〉云：「但言退居之樂，不及服官之難，意在言表，殊耐人思。」我把詩中作者隱含指向一位關愛丈夫的妻子，這位願意「與子還兮」、「與子逝兮」的婦人給了丈夫精神上十足的支持，其願意與夫退隱歸於桑園，過著自給自足的生活，遠離官場的是是非非，從其堅毅果決的態度，看出了這位妻子深體夫意，且處處為丈夫著想的賢妻形象。

在為官生涯中遭遇剛愎昏庸的長官，或蒙受狡猾苛薄的佞臣，都將使得正人君子萌生退意，然而在生活上的經濟壓力，也往往使人痛苦，而難以在十畝內外間做出抉擇。此詩妻子的態度似乎正慫恿丈夫下定決心離開仕宦生活，因此詩中妻子的態度格外顯得重要；正如上帝所說：「那人獨居不好，我要為他造一個配偶幫助他」《創世紀2：18》。上帝創造妻子的心意在幫助他而非綁住他，假若現實職場上丈夫工作一再受挫，事業受到打擊，為人妻者尚不知關懷紓解，僅告知要忍耐，不斷地向金錢或現實低頭，那麼夫妻原有的功能即不復存在。反觀〈魏風・十畝之間〉一詩，頗能表現這位妻子寧願與丈夫吃苦，也不願丈夫因為名利而受盡委屈不平，他在丈夫受到沉重壓力打擊時，毅然割捨一些外在的東西，而追求十畝之間的桑田之樂，表達出夫妻休戚與共的堅定情懷，頗值吾人深思。

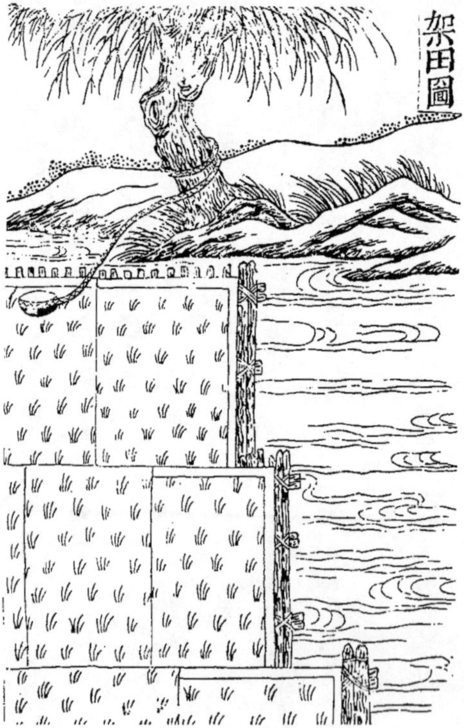

貪婪的統治者

〈魏風．碩鼠〉

張鶴馨

碩鼠碩鼠，無食我黍！三歲貫女，莫我肯顧。
逝將去女，適彼樂土；樂土樂土，爰得我所。
碩鼠碩鼠，無食我麥！三歲貫女，莫我肯德。
逝將去女，適彼樂國；樂國樂國，爰得我直。
碩鼠碩鼠，無食我苗！三歲貫女，莫我肯勞。
逝將去女，適彼樂郊；樂郊樂郊，誰之永號？

夜市裡或寵物商店，販賣著一隻隻可愛俏皮的天竺鼠、楓葉鼠、藍線鼠……，常常可以逗樂一些少女的芳心，這些基因改良下的產物，使得鼠輩竟然形象大翻身，變得如此討喜。然而在歷史的長河中，從《詩經》以來，就經常出現貪殘的大老鼠，一直是人們心中的心腹大患。牠代表著骯髒、貪婪、膽小、偷偷摸摸等等的負面形象。許多成語冠以「鼠」字如：獐頭鼠目、鼠目寸光、膽小如鼠、過街老鼠、抱頭鼠竄等等，全是負面的比喻；甚至，中世紀歐洲曾盛行一種致命的疾病，稱為「黑死病」，而它的別稱，便是「鼠疫」，可見老鼠對人類的禍害，它甚至是疾病的傳播的媒介。所以詩名〈碩鼠〉，形象的寫出這隻人見人厭的老鼠；而且「鼠」就算了，竟然還是隻「碩鼠」，可見其危害必定不小，難以防躲。讀完全詩，才發現詩人巧妙的以碩鼠比喻貪殘的統治者，悽愴的向牠哀告：

大老鼠呀大老鼠！不要吃我種的穀！多少年來侍奉你，竟然不肯照顧我。
發誓從此離開你，往那理想新樂土。新樂土呀新樂土，才是安居好去處！
大老鼠呀大老鼠！不要吃我大麥粒！多少年來侍奉你，不肯感激我恩德。
發誓從此離開你，往那理想新樂邑。新樂邑呀新樂邑，才能得到我價值！
大老鼠呀大老鼠！不要吃我種的苗！多少年來侍奉你，不肯體諒我辛勞。
發誓從此離開你，往那理想新樂郊。新樂郊呀新樂郊，有誰長吁又短歎！

全詩三章複沓，聲情哀憤。詩人運用類疊的詞語、對比的處境，來加強懇求、怨憤語氣，抒發被剝削百姓的心聲。首先詩人便說「碩鼠碩鼠，無食我黍」，以呼告的語氣，懇求大老鼠不要把全部食物吃光；接著詩人用「三歲貫汝，莫我肯顧」，寫出這隻大老鼠不但不感激百姓們供牠豐衣足食，反而毫不憐恤這些可憐的百姓；接下來的「逝將去汝，莫我肯顧」，長久以來受剝削的百姓終於覺醒，憤而將要離開此地；最後「樂土樂土，爰得我所」，百姓決心離開貪婪的政府，去尋找心目中的桃花源樂土。

全詩用碩鼠來隱喻魏國施政者的貪婪，他們就像是田裡的大老鼠，不斷的吃光作物，向百姓徵收重稅，卻無相對回饋，所以百姓決心棄離這隻大老鼠，去尋找可以慰藉的仁德之君。全詩對無情的統治者強烈控訴，並訴說百姓的無奈。

讀完這首詩後，想見古往今來利慾薰心的統治者，「以我身上暖，買爾眼前恩」，如何能深體百姓的痛苦？只會濫用權力來滿足個人私慾，拋棄仁德，壓榨人民，如同只對人民造成危害的偷糧鼠輩。古代有君王如碩鼠，現代亦有總統如碩鼠；政府官員若不好好秉持著自己的信念，便有可能淪為一隻碩鼠。現代所謂的貪污、賄賂、官商勾結、黑心商品等等的事件層出不窮，背地裡殘害著人民的金錢與健康，而那些人不過只想滿足他們貪婪的心。姑且不論臺灣的是非，之前新聞亦爆出其他國家的貪污事件，那個貪污的金額實在是非常嚇人，而那些貪污之人真可說是現代的超級碩鼠。

是享樂主義還是卸除壓力？

〈唐風・蟋蟀〉

林增文

最近經常腰痠背痛，不得已之下去看了醫生。醫生用手在肩膀上按了按，說雙肩繃得緊緊的，肩上負載的壓力太大，讓我放鬆肌肉也放鬆心情，這方法還挺有效的，雖沒能立刻治癒，但果然讓症狀減輕不少。

這件事讓我瞭解現代人對健康應有的重視，不惟生理上的健康，更應強調身心的健全與平衡；但古人呢？古人是否也曾具有類似的健康理念呢？我們且由〈唐風・蟋蟀〉來看看。

蟋蟀在堂，歲聿其莫。今我不樂，日月其除。無已大康，職思其居。好樂無荒，良士瞿瞿。

蟋蟀在堂，歲聿其逝。今我不樂，日月其邁。無已大康，職思其外。好樂無荒，良士蹶蹶。

蟋蟀在堂，役車其休。今我不樂，日月其慆。無已大康，職思其憂。好樂無荒，良士休休。

這首詩分成三章反覆詠唱，除第三章第二句外，每章結構完全相同。每章都由蟋蟀在堂起興，藉蟋蟀的昆蟲特性標示出「歲聿其莫」、「歲聿其逝」與「役車其休」等節候特點；在這種年終歲末的氛圍下很自然引出詩人的感懷：若不及時行樂，將「日月其除」、「日月其邁」、「日月其慆」。也許就因為這層感傷，有學者認為這是「歲暮宴樂」的「及時行樂」之詩。

不過，不知道是不是當地人勤勉的天性使然，詩人並未讓自己行樂的思想一去不返，反而不斷提醒自己不能沉浸在享樂的想法中，要「無已大康，職思其居」、「無已大康，職思其外」、「無已大康，職思其憂」；並且期勉自己「好樂無荒」，隨時地「瞿瞿」（驚顧警惕）和「蹶蹶」（驚起），最終才能成為「休休」（安閑）的良士。因此也有學者說「就詩論詩，本篇勸人勤勉的意思非常明顯。」

當然，不管是勸人行樂或是勸人勤勉，都看到了詩中的一些真意。農業社會秋收冬藏，辛苦了一整年，到了年終讓自己休息，完全是天經地義的事，參加「歲暮宴樂」也是人之常情，毫無可議之處。若在此時更時刻惕勵自己不可過度安逸，毋忘家事國事，更是難能可貴、不枉良士之名。

但是，在累積一年的辛勞之後，在重重的責任壓力下，能夠勉強自己「行樂」一番，行樂卻又不過度，讓自己短暫充電後再繼續扛起重任，這與英國詩人勃朗寧說的：「我睡眠，是為了清醒；躺下，是為了起來；休息，是為了走更長的路。」正好殊途同歸，同具慧眼。更重要的，這種暫時卸除壓力的健康思想對於飽受壓力煎熬、整日悽悽惶惶不知如何自處的現代人來說也許要更有意義才是！

好樂無荒的自覺

〈唐風・蟋蟀〉

王安碩

近日於大一國文教學時講授李白〈將進酒〉一詩，並請同學發表學習心得。其間發現，學生大多將此詩重心放在「及時行樂」與「縱酒避世」兩方面上，而鮮少注意到在「及時行樂」的同時，人還必須有「好樂無荒」這更深一層的自覺，否則「心如平原縱馬」，在這誘惑甚多的社會，極易迷失自我，淪於耽樂放逸。而此種「好樂無荒」的自覺精神，在〈唐風・蟋蟀〉詩人已提出戒勉。

《左傳・襄公二十九年》記載吳公子季札到魯國觀賞周樂，曾稱讚〈頌〉詩「樂而不荒」，是所謂「盛德」之表現。其實此種有節度的享樂思想，在〈國風〉中也有所見，〈唐風・蟋蟀〉便是這樣的一首詩：

蟋蟀在堂，歲聿其莫。今我不樂，日月其除。無已大康，職思其居。好樂無荒，良士瞿瞿。

蟋蟀在堂，歲聿其逝。今我不樂，日月其邁。無已大康，職思其外。好樂無荒，良士蹶蹶。

蟋蟀在堂，役車其休。今我不樂，日月其慆。無已大康，職思其憂。好樂無荒，良士休休。

詩歌由「蟋蟀在堂」開頭，點明時序已屆歲末，終年辛勤不懈的詩人，直至「役車其休」、「十月蟋蟀入我床下」，才驚覺歲已年終，進而感嘆光陰似箭，體悟到「去日苦多」，而欲及時行樂，理應盡情享樂一番。然而唐國戎事甚多，不知詩人是否同時興起「生於憂患，死於安樂」之思，故開始以理性的態度告誡自我：既然時光易逝，為人切莫過於放縱，「好樂無荒」才是一個賢人君子應該追求的個人修養。顯然詩人在放縱與理性之間，有過一番深思，最後才以理性的態度惕勵自己，這是深思後的自我覺醒，頗有居安思危的深意。所以吳闓生《詩義會通》認為：「詩意精湛之至，粹然有道君子之言。」

活了三十個年頭，總覺得人生之中充滿了不斷的努力與追求，幾乎將所有精華的時間都用在讀書、研究、教學，甚至是追求遙不可及的目標上。生活若此，壓力之大可想而知，若想在緊湊生活中增加些許樂趣與調劑，就不得不適時的行樂，才能讓身心得以舒展，蓄養繼續前行的動力。雖說「業精於勤，而荒於嬉」，但若全然將心力投注在課業、工作上，日復一日、年復一年重複做同樣的事情，不也令人意志消沈，生活毫無情趣可言嗎？畢竟「休息是為了走更長遠的路」，專心於課業、工作之餘，也必須有所娛樂，讓身、心、靈取得平衡，以便轉換成工作的能量。《禮記》上所說的：「張而不弛，文武弗能也；弛而不張，文武弗為也。一張一弛，文武之道也。」正是此理。

人生行樂，為生活添加不同的色彩與樂趣，原本無可厚非，但是「水能載舟，亦能覆舟」，若行樂太過，則勢必放縱荒淫，終至毀業敗事。且看〈周宣帝歌〉所言：「自知身命促，把燭夜行遊。」雖是把握有限生命，但連夜晚都還只思遊樂，可見玩樂至上，已超越一切，其餘均無關緊要，玩物喪志如此，想來必定意志消沈，耽於享樂，這豈是君子所樂見？

其實及時行樂，或者耽樂放縱，全看個人如何把握取捨。我有時在研究、教學事務繁瑣，案牘勞形之時，往往也心生煩悶，千方百計的想要休閒玩樂一番，卻又每每心有罣礙，放不下原本計畫之事，天人交戰，令人左右為難。在面對這種進退兩難的局面時，我最常想起的便是〈蟋蟀〉一詩，學習詩人既能及時行樂，又能心存警戒，不要忘了本分，這種「好樂無荒」，兩不相礙的行事態度，的確能作為我在工作與休閒之間分寸拿捏的借鏡。詩人智慧之高，思慮之深，著實令人敬佩。無怪乎吳公子季札要盛讚〈唐風〉：「思深哉」了！

別當守財奴
〈唐風．山有樞〉

林增文

由於金融風暴，世界各地掀起陣陣儉約風潮，尤其小康之家更是錙銖必較、能省則省，以縮減支出來因應經濟局勢的劇烈變動。當此之時，臺灣更遭逢油電雙漲的嚴峻事實，使得「小資男女省錢術」大行其道，一時之間各式各樣的省錢祕術紛紛出籠，「節約」已經成了全民運動。加上古有明訓，一個人要成為巨富，除了要靠天，更要由節儉做起，所謂「小富由儉，大富由天」即是。而且，節儉不只是消極地節省財用，還具有積極節約資源的現代環保意涵。這些在在都告訴我們，節儉不但該做，還應身體力行、馬上做。

不過，節省也該有個限度。節儉絕不是吝嗇；絕不能只進不出、當錢的奴隸。《詩經．山有樞》告誡我們：

山有樞，隰有榆。子有衣裳，弗曳弗婁；子有車馬，弗馳弗驅。宛其死矣，他人是愉。
山有栲，隰有杻。子有廷內，弗洒弗埽；子有鐘鼓，弗鼓弗考。宛其死矣，他人是保。
山有漆，隰有栗。子有酒食，何不日鼓瑟？且以喜樂，且以永日。宛其死矣，他人入室。

可不是嗎？擁有一切，卻不能物盡其用，與沒有何異？到頭來不僅是一場空，也常常是苦了自己，害了別人。《伊索寓言》也有類似的故事：有個守財奴賣去他的一切，換了一大塊金子，埋藏在舊牆腳旁的地洞裡。他每天都去看金子。他的一個工人，看見他常往那裡去，便注意了他的行動，也發現了金洞的祕密；於是便偷走了那塊金子。守財奴再去看的時候，看見地洞已空，就嚎淘大哭。一個鄰人知道了原委，便勸他說：「別這麼悲傷，您只要拿塊石頭，把它放在洞內，仍舊當金子還在那裡。對你來說這完全是一樣的；金子還在的時候，你既不使它有絲毫用處，這樣和沒有是一樣的。」

中國相似的寓言是在漢朝的一個老頭，經營著不小的產業。經過多年，老頭家裡非常富有。他沒有親人，獨自一人居住在大房子裡。每天天剛亮他就起床工作，拚命賺錢，一刻也不得閒，直到夜深才休息。就這樣，他賺回更多的錢，但他總吃粗菜淡飯，穿破舊的衣服，從不輕易花一文錢。實在不得已要拿錢出來買糧食，他總會心疼得好幾天吃不下、睡不好。遇到有人向他借錢，他更不問緣由，一律回絕。某天，一個非常貧困的人來找老頭，悲哀地說：「我的老母親癱瘓在床，妻子身體弱，什麼活兒都沒法做。今年收成差，糧食本來就不夠吃了，偏偏禍不單行，小兒子又得了急病；我真的沒錢給兒子治病，求求您發發慈悲，借一點錢給我吧！」老頭完全無動於衷，故作為難地說：「你求我有什麼用呢？我又沒錢！」借錢的人不放棄，一路跟著老頭，不停哀求：「您做做好事吧！您有那麼大的產業，不會差這麼一點錢的，求您借我一些錢，我一定會報答您的。」老頭被纏得受不了，只得走進內室去取錢。他慢吞吞地拿出十文錢，從屋裡慢慢出來，每走幾步就掉一個錢，等他走到外面時，只剩下五文錢了。老頭極不情願地把錢交出去，心疼得不得了，一再叮囑說：「我把全部家當都拿來幫你了，可千萬別對別人說啊！」借錢的人傷心地流下眼淚：「唉！五文錢叫我一家怎麼活呀！」老頭也流下淚水，不過他是心疼他的錢。不久，老頭死了。因為他沒有繼承人，所有的田地、房產都被官府接收，積累的錢財也都充實國庫了。

對於守財奴描寫得最真切的莫過於《今古奇觀》第十卷〈看財奴刁買冤家主〉

裡的賈員外賈仁了。賈仁本是挑土築牆的窮漢，因挖得富人埋在牆腳下的銀子並占為己有而成為富翁。這飛來的橫財卻只是上天借與他的。也虧他生性吝嗇，是一毛不拔的鐵公雞，替人看守了幾十年財富，終究不知不覺間，死後交還了本主。這個故事曲折離奇，變化多端，不知是否由《詩經・山有樞》演化而成，但故事推衍與〈山有樞〉勸誡的主題十分神似。

由以上故事可知，中外智者對於金錢的看法略同；而《詩經》除可看出對後代文學的影響外，其提出的生活態度與人生智慧更是歷久彌新。節儉是美德，有錢也不是罪惡，重點是當用則用。減少一切不必要的浪費，節約地球資源當然是利人利己，若能善用錢財資源幫助有需要的人，那更是功德無量。像微軟的創辦人比爾蓋茲與保羅艾倫、股神巴菲特、韓國總統李明博，以及國內長榮集團總裁張榮發與潤泰集團總裁尹衍樑等，都應承在身後將大部分財產捐給慈善機構，這也是《詩經・山有樞》所啟發我們勿當守財奴的現代意義。

至死不渝的愛戀

〈唐風・葛生〉

陳盈璇

黑格爾嘗言：「愛情，在女子身上特別顯得美，因為女子把全部精神生活和現實生活都集中在愛情，和推廣成為愛情。」在〈古詩十九首〉中亦有云：「與君為新婚，菟絲附女蘿。」由此可推知，愛情之所以深刻，正在於兩個人之間難以抹滅的羈絆，作為古代封建體制下的女子尤是如此。

如果說美滿愛情的結合律是一加一，那正巧也呼應了中國傳統上的喜氣雙數，有偶便成雙，正如〈周南・桃夭〉所述：「桃之夭夭，灼灼其華。之子于歸，宜其室家」，女子的生命也因之變得燦爛而美好，然而如今你卻從我的生命中途離席，留我一人對著這空蕩蕩的屋子，獨坐到天明。

葛生蒙楚，蘞蔓于野。予美亡此，誰與？獨處！

葛生蒙棘，蘞蔓于域。予美亡此，誰與？獨息！

角枕粲兮，錦衾爛兮。予美亡此，誰與？獨旦！

「尋尋覓覓，冷冷清清，淒淒慘慘戚戚」，不知度過了多少個日夜，數著無盡的日出與月落，不知不覺間叢生蔓草早已鋪蓋你的長眠之地，此時的我忽然想知道，身處另一個世界和我一樣形單影隻的你，現在好嗎？而我呢……現在好想見你！

「在天願作比翼鳥，在地願為連理枝。」想問你還記得新婚之時的誓言嗎？那時年輕的我們約定「執子之手，與子偕老」，而今在這個缺了圓滿生命裡，它早已成了一個遙不可及的妄想……。但我相信死不是生的對比，而是生命的一部分。所以……我想與你定下新的誓約，百歲以為期，我們終將相聚。

夏之日，冬之夜。百歲之後，歸于其居。

冬之夜，夏之日。百歲之後，歸于其室。

「兩情若是久長時，又豈在朝朝暮暮」，遍覽人世間的痛楚，最是刻骨銘心的莫過生離死別，而愛情最是難得的莫若幾經波折，究竟只有用情之深，才有傷情之切。

然在〈葛生〉中，女子情之濃烈我們得以知之，而何以濃烈？我們卻無從得知，也因此留予我們無限的想像空間。

無情戰火摧殘，有情人難成眷屬。是我對詩中男女主角所處情境的想像，在紛亂的春秋戰國時代，群雄割據，導致戰爭頻仍，也許在死別之前，我們的女主角也歷經了生離之苦，〈周南・卷耳〉：「采采卷耳，不盈頃筐。嗟我懷人，寘彼周行。」每日做著例行的勞動工作，殷殷盼望丈夫早日歸來；然而此別卻是死別，如此遙遠的訣別，不禁令女主角哀訴：予美亡此，誰與？獨處！由詩中我們無法照見女子的容顏是否傾國傾城，但我們所能知道的是此時此刻她憔悴的身影，應是猶如滿地黃花堆積，憔悴損。更讓我們看見所謂「問世間情為何物？直教人生死相許」的美麗與哀愁。

再由現實面來設想，遍覽《詩經・國風》，唯二的悼亡詩：〈唐風・葛生〉以及〈邶風・綠衣〉，一為喪夫，一則為喪妻。就古代中國的傳統思想，婦死可再娶，然喪夫呢？一個付出所有心力的家，就是女子的生命的全部，凡事以夫為尊，而今頓失依靠，生命空白了，未來又何以為繼？因此〈唐風・葛生〉中的女子才會出現對生之怨恨，死之嚮往的想法。雖然如此，我們仍可看見其中的正向面，女子並不以殉情為念，反以隨順生命的流轉，相信生命終將殊途同歸，直至生命走到盡頭的那一天，我們也得以同穴而居。

「人有悲歡離合，月有陰晴圓缺。」悼亡是對另一個生命的短暫告別，然後生者繼續前行，因為地球依然轉動，時間依舊繼續，所以離別並不會天崩地裂，不是嗎？

綿延不盡的相思

〈唐風．葛生〉

張景怡

當年，王菲唱了一首〈我願意〉，將愛戀時的執著發揮得淋漓盡致，至今仍傳頌不已。然而，姚謙在歌詞中是這麼形容「思念」的：「思念是一種很玄的東西，如影隨形，無聲又無息出沒在心底，轉眼吞沒我在寂寞裡。我無力抗拒特別是夜裡，想你到無法呼吸。」一道盡了大多數有情人對於相思的感受。自古以來，許多詩人都曾寫過有關相思的篇章，所謂相思，正是因為心中惦念著彼此，雖然現在不能在愛人身邊相依偎，卻深信總有一天可以再聚首；但是，有一種相思令人傷痛不已，那就是得知深愛的人死去的消息，此刻，即使再濃烈的情感也無法向對方傾訴，而內心所承受的痛楚，更不是旁人能夠體會的，於是愈加思念，孤獨也就分外明顯。

葛生蒙楚，蘞蔓于野，予美亡此，誰與？獨處！

葛生蒙棘，蘞蔓于域，予美亡此，誰與？獨息！
角枕粲兮，錦衾爛兮，予美亡此，誰與？獨旦！
夏之日，冬之夜，百歲之後，歸于其居。
冬之夜，夏之日，百歲之後，歸于其室。

葛，一種藤類的植物，生長時會依附在大型的木本植物上，尤其適應環境的能力很強，生長快速又易繁殖；蘞，有別於一般藤類植物攀附在「楚」和「棘」上，它蔓生在墓地之上，以上兩者象徵著心所相依者已死去，而內心中的思念之情以及傷痛，猶如眼中所見藤蔓層層覆生，於是感嘆所愛之人的離世，並自問誰會與己相處，以下則自答只有自己孤單一人，甚至在夜晚時依舊清醒到天明，在此以設問的方式形成兩種效果，除了詢問自己也問他人，但心中早已有了答案——即使眼見天亮，但是內心不復光明！凸顯出死者雖已矣，而生者的痛苦及孤獨卻交織成思念的一條繩索，緊緊繫住彼此，縱使時光荏苒，仍不改其日日夜夜的哀思，只盼望死後，能和對方相守相伴，反映出現在活著的怨恨，嚮往死後終於能永不相離，如此自述，如實呈現出深情不移的必死決心。

日前，聽到江蕙唱的一首〈頭仔〉，歌詞講述的正是妻子因為丈夫的死去，開始回憶和丈夫相處時的過往，然而一時沉痛至極而無法面對，只好騙自己「頭仔只是想欲休睏一咧」，接著耳邊迴盪丈夫呼喚自己的聲音：「你叫阮牽仔，阮不甘放手乎你去飛，牽到天頂的線，頭仔稍等一咧，不通放乎阮孤單一個」，似乎吶喊著依依不捨之情，更深覺丈夫已在繩索的另一端牽絆住自己，定不會拋下妻子一人去感受孤苦無依，所以相信自己很快就隨著丈夫而逝，歌詞敘述簡單，而箇中鶼鰈之情又有幾人可以體會？常言道：「百年修得同船渡，千年修得共枕眠」夫妻之間既可相知又可相惜，現今的社會是微乎其微，往往來不及挽回時，才後悔自己沒能為另一半做些什麼，但是在〈葛生〉中傳遞的則是恩愛夫妻在失去對方後，傷感於此生無法長相伴，在痛苦於長日哀思後，以至於期待死亡再相聚。第六世倉央嘉措曾言：「安得與君相決絕，免教生死作相思。」正是這個道理，如果對你的思念能夠立即斬斷，不論生或死也就不再受任何情感繫絆。而今，又有誰是真的戒除了這些情愫？唯有看破而已。

生離死別之悲

〈唐風・葛生〉

王安碩

子曰：「詩，可以興，可以觀，可以群，可以怨。」其中「觀」，是體察民間的風土人情與生活狀態，使我們對當時先民的生活有所瞭解。十五國風中有許多與婦女有關的詩歌，或言其婚戀，或言其遭棄，更有像〈唐風・葛生〉一般描繪戀人的生離死別，令聞者鼻酸的悼亡之作：

葛生蒙楚，蘞蔓于野。予美亡此，誰與獨處？
葛生蒙棘，蘞蔓于域。予美亡此，誰與獨息？
角枕粲兮，錦衾爛兮。予美亡此，誰與獨旦？
夏之日，冬之夜。百歲之後，歸于其居。
冬之夜，夏之日，百歲之後，歸于其室。

「黯然銷魂者，唯別而已矣」，尤其是與愛人死別之慟，更是萬分淒涼，令人痛不欲生。一名女子與良人死別，發出悲淒的呼喊。「兔絲附蓬麻，引蔓故不長」，良人死後，葬於荒墟蔓草之中，自此形單影隻，相伴無人，如同失去依附的葛、蘞，今後無依無靠，孑然一身，將何去何從？「誰與獨處」、「誰與獨息」、「誰與獨旦」，是對逝者的聲聲呼喊，也是生者對茫然未來的自問。自今而後，天上人間各在一方，思念無盡，後會無期，只盼早日了此殘生，期待百歲之後，「黃泉相會」。其中酸楚，實非情外之人可以體會，真是「天長地久有時盡，此恨綿綿無絕期」啊！

或許，愛情故事的感人之處，正在於男女主角陰陽兩隔之後，使愛情的內涵加深、加重，境界升高，才令人聞之悲愴淒楚，低迴不已。但人世之間，又有誰願意在愛情路上走得如此不堪呢？每讀〈葛生〉一詩，在感受詩中主角悲痛遭遇，為之抹淚揉眵的同時，我總不免想到造成這種生離死別之悲劇背後的始作俑者——窮兵黷武的不義之戰；《孟子》曾批評：「春秋無義戰。」春秋時期各國諸侯為了實現稱霸稱雄之野心，動輒興兵，於是乎「爭地以戰，殺人盈野；爭城以戰，殺人盈城」，如此一來，千萬生靈塗炭，生離死別之景，便時時搬演。《詩序》言〈葛生〉一詩「刺晉獻公也。好攻戰，則國人多喪矣。」但綜觀春秋紛亂，烽火連天，所需譴責者，又何止晉侯一人？如果我們將〈葛生〉一詩中見到的婦人面對生離死別，哀慟欲絕的畫面，擴大放遠，則在此婦人之身旁，與其同悲之人，又豈在少數？

戰爭所以可怕，乃在於其塗炭生靈，動輒喪千百萬人之命於刀光劍影之下。因此，有智慧的先人便告誡世人，兵甲為不祥之器，戰爭為不祥之物，《老子》言：

夫佳兵者不祥之器，物或惡之，故有道者不處。君子居則貴左，用兵則貴右。兵者不祥之器，非君子之器，不得已而用之，恬淡為上。勝而不美，而美之者，是樂殺人。

古往今來，戰爭素來是人類行為中極其殘忍的一面，不僅對人民的生命造成極大的傷害，更造成無數的生離死別，傷心憾事。所以聖人告誡我們：「不以兵強天下」、「不敢以取強」，目的便在告誡世人，戰爭無法解決爭端，窮兵黷武亦無法取得民心；且看李白〈戰城南〉也曾描述戰爭殘酷，與人民對戰爭之厭惡：

去年戰，桑乾源，今年戰，葱河道。洗兵條支海上波，放馬天山雪中草。萬里長征戰，三軍盡衰老。匈奴以殺戮為耕作，古來惟見白骨黃沙田。秦家築城備胡處，漢家還有烽火燃。烽火燃不息，征戰無已時。野戰格鬬死，敗馬號鳴向天悲。烏鳶啄人腸，銜飛上掛枯樹枝。士卒塗草莽，將軍空爾為。乃知兵者是凶器。聖人不得已而用之。

正因詩人明瞭戎事頻繁，帶給天下百姓難以估計的損失，家破人亡，生離死別，悲涼淒苦，民不聊生。詩人才有此深刻的感慨，才大聲疾呼戰事非解決爭端之道，更對窮兵黷武的野心家提出最嚴厲的抨擊。

自古到今，人類的文明不斷演進，也毫無疑問的知道戰爭會帶來無盡的苦難，但遺憾的是人類始終無法制止戰爭。且隨著科技不斷的精進，武器日益精良，戰爭手法亦隨之愈發殘酷，所帶來的災禍也更倍於往昔，如〈葛生〉一般家破人亡，孑然興悲的悲劇，一定也不斷上演。讀〈葛生〉詩，從中感受到生離死別、令人動容的淒美愛情之外，尚可在其中領會到戰爭的無情與可怕之處。何時人們才能真正明白，戰爭絕不能解決爭端，讓所謂的「世界和平」有實現的一天？我想，或許永遠是個難以解答的問題吧！

防騙三部曲

〈唐風・采苓〉

呂珍玉

據說臺中西屯區是詐騙集團最喜歡打電話的區域，原因為何？頗耐人尋味。許多同事都接過詐騙集團打來電話，催繳水電費、退稅、中獎、車禍糾紛、猜猜我是誰……各種各狀的內容都有，害得大家都不敢留在家裡，連聽到電話鈴聲都心生恐懼。但下了班總得回家啊！這天早晨七點多，家中電話響了，是中華電信一位小姐來電，她以很專業的口吻告訴我再不繳電話費，就要被停話了，我心想每月不是從存摺中扣錢了嗎？她堅持沒扣，要我匯款進某個帳號。我馬上找出存簿核對，證據確鑿是繳過了，心想這些人還真厲害，白天找不到人，竟然利用人家上班前慌亂的情形下行騙。類似這樣的電話接過無數次，周旋其間不勝其擾。最讓人哭笑不得的是，有天深夜睡夢中被吵醒的這通電話了，那頭傳來我兒被打的悽慘哀號，要我趕快匯款，對方才肯放人，心想他打的是自家人，就讓他打吧！陪他演了好久，眼看撈不到好處，哭聲突然停止，改飆三字經，這一夜我虛耗在和騙子鬥智，情緒壞透了，怎樣都無法熟睡，作了一場惡夢。

時間是在紀元前六三七年，我是晉獻公的寵臣，我們無話不說。但是自從太子申生自殺，重耳流亡國外後，朝中氣氛變得很不對勁，我總覺得每個人都心事重重，欲言又止。誰都知道這是驪姬的陰謀，但是獻公迷惑於她的美色，連這樣拙劣的騙術也相信，更不用說把相關人員叫來一一盤查了。當時任憑我說破嘴，都不能改變他對兒子想毒害他的猜疑。唉！他是愈老愈糊塗，暴躁易怒而且做事衝動，就這麼不分青紅皂白的，搞得兒子一死一逃亡。這也難怪啦！那個女人是那麼年輕漂亮，說的每一句話都裹上蜜糖，叫人聽了心裡舒服；還為他生了個活潑可愛的兒子奚齊，不像申生只會讀書死氣沉沉，更不像重耳喜歡頂嘴不夠穩重。有了驪姬，獻公的人生頓生光彩，看起來好像年輕好幾歲。

前些日子我去了一趟周都城，聽到有人唱〈采葛〉之歌：

彼采葛兮，一日不見，如三月兮！
彼采蕭兮，一日不見，如三秋兮！
彼采艾兮，一日不見，如三歲兮！

我聽出歌詞的言外之意，是用葛的蔓延，來隱喻讒言的可怕。無巧不成書，當我轉過幾條巷子，又聽到有人在唱〈青蠅〉之歌：

營營青蠅，止于樊。豈弟君子，無信讒言。
營營青蠅，止于棘。讒人罔極，交亂四國。
營營青蠅，止于榛。讒人罔極，構我二人。

這首歌比剛才那一首更為直接指出讒人的可惡，連一個和平樂易的好國君，都容易掉入他的巧計之中啊！隨處可見飛來飛去的蒼蠅，飛到那兒，就把讒言帶到那兒，聽得我膽顫心驚，也無心考察了，馬上回到下榻旅店整理行李，連夜驅車回國。

回到家已半夜，立刻伏案寫下這首詩：

采苓采苓，首陽之巔。人之為言，苟亦無信。舍旃舍旃，苟亦無然。人之為言，胡得焉！
采苦采苦，首陽之下。人之為言，苟亦無與。舍旃舍旃，苟亦無然。人之為言，胡得焉！

采葑采葑，首陽之東。人之為言，苟亦無從。舍旃舍旃，苟亦無然。人之為言，胡得焉！

我打算明天一早拿給獻公看，告訴他不要聽信讒言，遇事要先冷靜分辨，就好像有人叫你去首陽山上採苦苓、採苦菜、採蕪菁，千萬不能相信他，因為首陽山上根本不生長那些植物。我們不能阻止別人說讒言，但當面對讒言時要牢記「不信它」、「丟掉它」、「不當回事」三部曲，這樣讒人就不會得逞了。

我很滿意這首對付讒言的策略詩，放心的上床睡覺，夢中居然出現驪姬、秦大人那伙人，鬼鬼祟祟的在說話，那些人最會構讒，陰謀、巧計、甜言蜜語、威脅利誘，無所不用其極，果然三兩下，獻公那老糊塗、好色鬼，就相信他們了，居然懷疑我想把重耳找回來，漫長的葛藤纏著我，一群髒透的蒼蠅在我身上嗡嗡的飛，天旋地轉，我痛苦掙扎，然後就醒了過來。

二〇一二年我再看這首詩，的確很有見解，或許可以作為警政署一六五防止詐騙三部曲文宣，不過我還是對於人性的複雜面持著相當悲觀的態度。

我如夢似幻的愛人

〈秦風．蒹葭〉

呂思潔

蒹葭蒼蒼，白露為霜。所謂伊人，在水一方。
遡洄從之，道阻且長。遡游從之，宛在水中央。
蒹葭淒淒，白露未晞。所謂伊人，在水之湄。
遡洄從之，道阻且躋。遡游從之，宛在水中坻。
蒹葭采采，白露未已。所謂伊人，在水之涘。
遡洄從之，道阻且右。遡游從之，宛在水中沚。

水岸邊繁盛的蒹葭，上頭幾點透白晶瑩的露珠已凍結成霜，在這微寒的秋日早晨，我看見思慕之人，就在那水邊，隔著蒸蒸水氣，好似觸手可及的距離，而我卻怎麼也到不了她身邊。你我之間明明只有一條河水之遙，為什麼不管往哪一方前進，距離都不曾改變，我望著對岸那魂牽夢縈的麗人，那是我夢中的愛人，她永遠停在悠悠流水間。

每個女孩都曾在心底描繪一位翩翩王子，每個男孩也有一位專屬自己的公主，符合自己所有期待與愛好，幻想著總有一天這夢中的人物會走到現實中，也許在轉過那個小巷後，就這麼悄然相遇，偷偷抱著微甜的期待窺視著街角，想著理想的他會以什麼姿態來到眼前。此時，他還只是一抹虛無縹緲的影子，就好像在河流另一邊，搖搖蘆葦中隱約透出身影的伊人，我只能徘徊往復，試圖找到連接我倆的石子路，奈何逆著河水無法前進，順著河水也無法靠近，眼前的愛人恍惚而迷離，就在那水旁、在那水中小洲上，而我看不清他的臉。

希臘神話中有個故事：傳說人類最原始的型態是雙頭雙面，四手四足，兼具兩種性別，承載了兩副靈魂，擁有世間所有智慧，原始人類是具有無限能力的靈物，卻因此激起了天神宙斯的猜忌，擔心人類變得過分強大，於是宙斯毫不留情地將人類一分為二，於是人類不再是完美的存在，而變成了殘缺破碎的生物，從此開始了永無止境地追尋，只為了找到自己失落的半身，填補所有缺憾與空虛，命運注定了人類只能永遠流浪，誰都不知道終其一生尋找的人在何方，在世間跌跌撞撞，經歷一次又一次失敗與挫折也不願放棄，無法確定他的容顏、他的聲音，唯有等到相遇那天才猛然醒悟，在那之前不論多麼徬徨無措卻都不能放棄，當初強硬分開留下了傷口，滲著血呼喚半身的靈魂渴求著合而為一，在內心深處隱隱保有一個形象，朦朧模糊看不真切，好似昏黃燈光下素紗帷幔映出的身影，然而我們之間總相距一公尺，無法更靠近，也離不開，淚似珠露凍在葉上，融化之前滴落更多心碎。

如夢似幻地愛人呀，我找不到你……巴別塔崩塌那天，天神再度降下殘酷懲罰，儘管奮力呼喊，你聽不見，我聽不明，千世能否一遇的鏡花水月，化作水邊凝望的我，誰點亮了燈，讓我看不見星星，為了與你相遇，我願意乘上墮落天使的翅膀，只要能握住你的手、感受你的體溫，不再只是眼盼間一刻流轉，我願意，流浪千年時光。

水面的凝望

〈秦風．蒹葭〉

黃渭娟

或許歷史真的是反覆循環、毫無終止。所以當侍女稟報，那條新投水而死的亡魂無論如何也想見妳一面，妳了然於心，「帶過來吧。」

算算時間，也差不多了，距離妳和那男人見面的日子，迄今大約年餘，妳也曾經是女人，妳深深明白要一個女人忍耐自己的丈夫凝望著其他女人長達一年，也該是極限。

妳喚來侍女，稍稍整理房間、換上新的薰香，砌上一壺新茶，擺上幾份點心——妳想：那女人大概沒胃口，但無妨。妳看過太多這樣的女人，為情投水，這女人不是第一個，只是每次妳都悄悄地希望，是妳所遇見的最後一個。可惜這些女人最後都沒能接替妳的位置，成為新的水神。

成為水神之前的妳，也是眾多投水女子的其中之一。妳的丈夫是個商人，經年累月在外，每當他回來的日子、妳總會不辭千里到渡口迎接。偏偏那天風狂雨驟，妳站在陽臺凝望，僅見濃雲厚雨。知曉丈夫的船失事已是三天後，五天後妳的丈夫身無分文回來，妳欣喜若狂，而妳的丈夫卻是深深一嘆。

從此妳的丈夫再也不願意看著妳，他總是在籌備下一次的出航，終於在一年後的某日，妳在街坊聽見了傳聞：妳丈夫出航的渡口，住著國色天香的水神，傳說見過水神的人必為之傾倒，據說一年前的船難、便是那傾城絕世的女神出手相救。妳終於明白丈夫歸來時的嘆息。並不是因為金銀財寶的喪失，而是因為曾經滄海難為水，除卻巫山不是雲。

在妳成為水神的那天夜晚，妳出現在丈夫的夢裡，妳說妳成了水神，妳問丈夫是否能夠重新愛上妳。妳的丈夫茫然，此後妳的丈夫不再出外經商，反而居住深山、安然老死。丈夫死去的夜晚，身為水神的妳輕立水面、吟唱起當年丈夫最愛的歌謠。

當妳準備回到水面之下之時，妳福至心靈、回眸便見一位男子，那男子深深地、震驚而滿懷喜悅地望著妳，妳輕輕勾起嘴唇，回到水底閣樓。那男子的眼神就跟妳的丈夫當年新戀著妳的神情如出一轍。經由侍女回報，妳知道那個男人天天夜夜徘徊岸邊，就為與妳一見。

本為人妻的妳曾想過勸退那男人，但妳隨即告訴自己，不可能。如果可以勸退，那麼現在的妳不會是水神，是個即使成為了水神也挽不回丈夫的女人。虛幻的美麗才是真正的美麗，所以那男人才會癡癡地等著妳，他心目中的水神。說到底男人愛上的不是妳，是他心所幻想、創造的水神。

一個滿月的夜晚，那發狂的男人追逐著妳的幻影，走向水中……溺斃。

當妳基於憐憫來到水面、想見見那男人苦戀的靈魂，妳再度感受到熱切的眼神。妳笑得淒豔，歷史又再度輪迴，不過第二次、死的是那男人的妻。

不管妳出不出水面，總是會有著戀慕妳、嫉妒妳而死的男女，彷彿愛戀神明是種病態的浪漫，明知不可能實現的淒美以及自我形塑的完美形象，也許是慫恿人類愛上妳的主因。妳不見為妳而死的男人，但妳會見那些因妳而死的女人。妳不厭其煩說著妳的故事，接著妳問她們，願不願意成為水神？

答案昭然若揭。為情而死的女人顯然沒有思考，死亡以後她所深愛的人是否會因此重新愛上她。那些女人也從妳的故事得到解答，與其百年孤寂，不如歸去。

所謂伊人，在水一方——是的，在水一方，永遠親近不了的在水一方。也因在水一方，這份相戀才能打動自己、促使自己傾心致死。

「娘娘，人帶來了。」侍女輕道。

「嗯，妳退下吧。」妳微笑，優雅而孤傲，對著那披頭散髮的新死女魂，「我是水神，您請入座。」

「那我為您、說個故事——」妳啟唇。

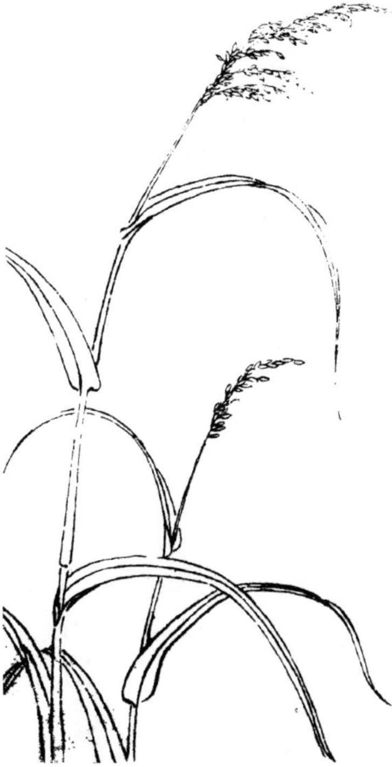

尋夢之路阻且辛

〈秦風．蒹葭〉

王柏豫

人皆有夢，這個夢可能是理想的工作，可能是舒適的生活，可能是人生的真理，也可能是心中所愛的那個人。有夢最美，但追尋的過程必當艱辛，我們常常用盡全力去尋覓，費盡心思去追求，但往往遇到接踵而來的挫折，愈是努力，愈覺得尋夢之路非常漫長而且艱險，〈蒹葭〉一詩為這樣難以言喻的過程寫照：

蒹葭蒼蒼，白露為霜。所謂伊人，在水一方，
遡洄從之，道阻且長。遡游從之，宛在水中央。
蒹葭萋萋，白露未晞。所謂伊人，在水之湄。
遡洄從之，道阻且躋。遡游從之，宛在水中坻。
蒹葭采采，白露未已。所謂伊人，在水之涘。
遡洄從之，道阻且右。遡游從之，宛在水中沚。

這首詩有三章，每章八句，重章複沓以增加全詩的情感濃度，並增加作品的音樂性。每章的開頭皆先從景寫起，「蒼蒼」、「凄凄」、「采采」描繪茂盛的荻草和蘆葦，白露正凝結成霜，詩人構成了一幅朦朦朧朧的夢幻畫面，隨即「所謂伊人，在水一方（之湄）（之涘）」道出了詩人所嚮往的目標、對象就在河水的另一邊，接著描述尋覓「伊人」的過程，詩人逆流而上，卻發現路程險阻又漫長迂迴，換個方向順流而下，卻又發現「伊人」在水中的小沙洲上，明明已經看見目標了，但卻總是有一水之隔，無法跨越，彷彿「伊人」在和詩人玩捉迷藏一般，在這模糊迷濛的空間中，好像隱約可以看到詩人懊惱的表情，無可奈何的在水邊徘徊。

其實詩中的影像內容應該也是詩人假想出來的虛景，卻深刻的感動了幾千年來的讀者，因為詩句完全反映了古今尋夢人的心境，反覆讀誦此詩讓我想到王國維的「人生三境」、「昨夜西風凋碧樹，獨上高樓，望盡天涯路」、「衣帶漸寬終不悔，為伊消得人憔悴。」「眾裡尋他千百度，驀然回首，那人卻在燈火闌珊處。」追求理想的過程就是那樣困難重重，但也因為達成目標的不易，才值得人們花一生的心力去挑戰。

好的文學作品能給予讀者想像參與的空間，而且常常不同讀者對作品的解讀跟感受都不一樣，〈蒹葭〉這首詩就是如此，《毛詩序》解為：「〈蒹葭〉，刺襄公也。未能用周禮，將無以固其國焉。」朱熹《詩集傳》：「言秋水方盛之時，所謂彼人者，乃在水之一方，上下求之，而皆不可得。然不知其所指也。」姚際恆《詩經通論》：「此自是賢人隱居水濱，而人慕而思見之詩。」胡承珙《毛詩後箋》：「懷人之作。」傅斯年《詩經講義》：「相愛者之詞。」白川靜《詩經的世界》則以為是祭水神之歌，由此可看出各家對此詩的詩意解釋不一，但要如何解決這個問題呢？謝榛《四溟詩話》：「詩有可解，有不可解，不必解，若水月鏡花，勿泥其跡可也。」這段話說得真好！沒錯，不可以固執不通的態度來讀詩，應以開闊的心加上靈活的想像力來欣賞，才能體會到詩的文學之美！

半空中的旃旗
〈秦風・黃鳥〉

黃湄娟

他緩緩坐起，頭還有些發疼，彷彿做了個漫長的夢。

在夢裡面，他是王的侍衛，追隨著驍勇善戰的王南征北討，建立國家版圖與君主威望，他永遠都記得夢中的王英氣煥發，不論是沙場馳騁、深宮歌筵，王似乎不曾疲倦似的，計畫著國家的下一步。

王，就是他的天。跟隨在這位精神奕奕的王的身邊，感覺自己也沾染到王的精力，他每天用心操練，就為了隨時隨地能跟著王上戰場，為國家犧牲效勞。他忘不了凱旋之時、人民與百官的歡呼與祝賀，他明白這些都是王專屬的榮耀與讚頌，他卻與有榮焉——那王說過，如果沒有他們這些人，王不可能獨自興盛這個國家。所以他們要為王而戰，為王而戰就是為國家而戰、為自己而戰。

能出生在這個國家是幸福的，當附近的國家先有妖姬為禍、後有饑餒之災，國內河清海晏，尚有餘糧能接濟該國。雖然該國恩將仇報，王仍不負眾望、擒拿該國的君主。

那是他印象最深刻的一場戰役。曾有那一瞬間，他以為他今生再也回不到王所建立的美好國度，再也不能追隨著王的背影開拓國家的將來，他以為那一把矛會刺穿他的胸膛。但是沒有，他在千鈞一髮之際砍下敵人的頭顱。殺戮的感覺喚起他的信念：他得相信他的王。

聽聞生擒敵方君主之時，他終於倒於血泊之中，當他再次甦醒、他看見他的妻對著他笑，說：「王勝出了。」而他也笑了，一如每次戰爭結束後、回家時對妻露出的溫柔。

不過王如何英明，終究是有生命的人類。一旦擁有生命，就無法逃出死亡。

他看著自己半透明的手，苦笑。他方才初醒以為是夢的，其實是他生前的記憶。

——他和他心愛的妻，跟著王的棺木進了墓穴。

他只記得自己緊緊握住妻子的手，一同閉上雙眼。也許是墓室太過於陰寒，也許是心理的覺悟終究敵不過生理的饑餓，他感覺自己逐漸失去溫度、失去知覺，然後、醒成了現在的自己。

也難怪自己一開始以為是在做夢呢。他苦笑，想像生前一般撓撓自己的頭，手卻從頭部穿出。他這才記起、死亡狀態的他，是靈魂。

以前都只有聽說，現在自己真成為靈魂、才明白靈魂是怎麼回事。

「喂，你，還坐在那邊幹什麼？快去集合啊。」

不遠處傳起熟悉的聲音，他左顧右盼、原來聲音來自上方。

「奄息大人！」他脫口而出，連忙起身。他的身子輕飄飄的，往上浮升到與那位大人同高，「奄息大人！」他的聲音因喜悅而顫抖，心中漾起的興奮難以平復，他又見到這位王所信賴的男人，而那名喚「奄息」的男人一如往昔，軍服整潔、英姿颯爽。

「不錯不錯，很有精神。」奄息雙手叉腰，「快點去換軍裝，一刻鐘後校場集合！這是王死後的第一戰，千萬別丟了我們的王的臉啊！」

「是！」他行禮如儀。

軍隊在天空中前進，目的地是王的所在，在此之前、需先與鍼虎大人會合。

他聽見來自地上的歌謠，呼喊著黃鳥與蒼天，以及三位子車氏大人的名字。他聽見地上的人們悲歌著，要用三百個人的生命換取三位大人的存活。

他冷哼。他的王生前死後都是尊貴的王者，凡舉國的一切美好與特殊、都屬於王。

「這次的敵人不曉得是什麼樣的傢伙。」身旁的人忽然向他說道。他認出身旁的人、是從入伍便與他同生共死的好友。可惜這人早他好幾步死去。如今仍在軍中重逢，他感到無上的喜悅。

「管他什麼樣的傢伙，只要有王、就一定會勝利。」他堅信。

「全軍停止——」奄息一聲令下，本來急速前進的軍隊停住步伐，整齊劃一，奄息滿意地點點頭，清清喉嚨、大喊，「前方晉軍擋道，想阻止我軍與鍼虎會師，別讓那幫人稱心如意！各位、為了我們的王戰鬥吧！」

雄壯的口號，壯大的軍容，視線已及遠處敵影，奄息作出進攻的手勢，他緊緊握住他的矛，奮勇向前，宛如仍在人世。

遺恨千古的哀歌

〈秦風．黃鳥〉

林峰毅

在暴秦的統治下，君主的死亡，總是要有許多的陪葬品隨他葬在地下。其中最慘無人道的，便是以人殉葬了。秦穆公死亡時，竟然用了高達一百七十七人陪葬。當時最勇猛賢良的子車氏三兄弟，他們能以一擋百，然而秦穆公的死亡，使他們埋沒於歷史的洪流之中。不同於白起、龐統，他們的命運、他們的名字，注定要陪同秦穆公葬入地底。而〈黃鳥〉一詩，便是哀傷這三位壯士的死，所記錄下來的輓歌。

交交黃鳥，止于棘。誰從穆公？子車奄息。維此奄息，百夫之特。臨其穴，
惴惴其慄。彼蒼者天，殲我良人。如可贖兮，人百其身。
交交黃鳥，止于桑。誰從穆公？子車仲行。維此仲行，百夫之防。臨其穴，
惴惴其慄。彼蒼者天，殲我良人。如可贖兮，人百其身。
交交黃鳥，止于楚。誰從穆公？子車鍼虎。維此鍼虎，百夫之禦。臨其穴，

惴惴其慄。彼蒼者天，殲我良人。如可贖兮，人百其身。

黃鳥鳴叫著，棲息於棘楚樹上，情景昏沉黯淡，這天是秦穆公入葬的日子。有誰能跟著秦穆公陪葬呢？夠資格的人，也只有子車氏的三兄弟了。其中的老大奄息，在戰場上之勇猛，能以一人之力，抵擋百夫之戈。老二仲行，在關城的防守上屢下戰功，這正是一夫當關，百夫莫敵。老三鍼虎和他兩位兄長一樣，是個能憑一己之能，抵擋百夫之力的好漢。然而，就算是這麼勇敢的壯士，在面臨秦穆公的墓穴時，也是非常地惶恐不安。身為一國的壯士，一輩子的前途，就將這樣陪同秦穆公葬於地底之下，他們內心是多麼的不甘啊！老天爺啊！竟然如此對待我們的良人勇士，欲將他們置於死地是什麼意思呢？可惜了三位壯士的才能，還未在戰國時代的歷史上刻下自己的名字，就要死於非命了。如果可以進行交換的話，可以用一百人代替他們去殉葬。

詩歌中的三位壯士，還未步上英雄之路，便要淹沒於歷史的洪流中了。死於非命的不甘，又有誰能體會他們的感受呢？死有重於泰山，亦有輕於鴻毛，或許在他們的心目中，與其受制於如此野蠻殘酷的習俗，隨秦穆公到墳墓陪葬，還不如在戰場上大義戰死吧。

安貧樂道

〈陳風・衡門〉

黃書盈

衡門之下，可以棲遲。泌之洋洋，可以樂飢。
豈其食魚，必河之魴？豈其取妻，必齊之姜？
豈其食魚，必河之鯉？豈其取妻，必宋之子？

〈衡門〉是一首歌詠安貧樂道，滿足於現狀的詩篇。第一章的首句「衡門之下，可以棲遲」。根據毛《傳》解釋：「橫木為門，言淺陋也」。可想而知，橫木為門就是一間可遮風避雨的家，住處是多麼的簡陋！而「泌之洋洋，可以樂飢」。更令人不敢置信，這位君子肚子餓了就喝洋洋河水，用這樣的方式來忘記饑餓的感覺。這和現在食物資源豐沛的時代，那些為了使自己身材穠纖合度的愛美女人，不可相提並論。他對物質生活毫無要求，令人動容與欽佩。

第二、三章「豈其食魚，必河之魴？豈其取妻，必齊之姜？」「豈其食魚，必河之鯉？豈其取妻，必宋之子」。則採用詰問法：吃的食物不必是黃河美味的鯿魚和鯉魚？娶的妻子也不必是齊國和宋國美麗的女子？這種安於貧窮的胸懷與情操不禁讓人聯想到陶淵明《詠貧士詩七首》中的「安貧守賤者，自古有黔婁。好爵吾不榮，厚饋吾不酬。」君子不在乎高官爵位，也不想要豐厚的報酬，只想安於貧窮，守著自己殘破的房屋，自古以來也只有黔婁而已！由此可知，安貧是多麼難得的典範，難怪詩人為此作詩吟詠。

觀察現今社會，價值觀念和以前大不相同，許多人非名牌不帶，非智慧型手機不用，瀰漫著崇拜金錢、名牌的虛榮心，好像名牌才能凸顯出他與眾不同，誰會看到一個人的內在品德呢？經常轉開電視，看到的是精品發表會的新聞，記者鉅細靡遺地描述名人們從頭到腳的行頭，電視明星比行頭，比穿著，觀眾耳濡目染，群起效尤，無形中醞釀成一種浮華的社會風氣。普遍大眾都重物慾輕精神，更讓人想起幾年前廣受歡迎的一齣日劇〈大和拜金女〉，劇中空姐女主角選擇配偶的條件，就是以對方的職業、車子的品牌、房子的地段……等等物質條件為順序，該劇是如此諷刺的指出現代人重金錢，輕忽愛情，捨本逐末的荒謬想法。時下流行的拜金名句：「寧願在名牌車上放空，也不要在小車上哭泣。」一針見血點出了現代人迷惑於物質的空洞心靈。如何反璞歸真，尋找失去的靈魂？〈衡門〉詩中「泌之洋洋，可以樂飢」，那種喝水即可忘饑；〈詠貧士〉詩中黔婁安於貧賤，都值得我們用心體會，並加以反思。

再則〈衡門〉中「豈其取妻，必齊之姜？」「豈其取妻，必宋之子？」不要求另一半貌美家富，亦使人想到蘇軾〈薄薄酒〉：「薄薄酒，勝茶湯；粗粗布，勝無裳；醜妻惡妾勝空房。」瀟灑豁達的蘇軾用玩笑性的語言，詮釋他降格求次的人生哲學，也讓我反思自己現在的處境。我偶爾也會抱怨先生賺的錢不夠多、不夠溫柔體貼、不會照顧小孩、不會幫忙家事……用近乎完美的嚴苛標準檢視他，於是難免對家庭生活的繁瑣充滿沮喪和抱怨。〈衡門〉、〈薄薄酒〉讓我反思自己的缺點也是一大堆，一味的挑剔別人，強求別人，只會徒增不必要的煩惱。於是我唱著〈薄薄酒〉的改編版：「哎！薄薄酒，勝茶湯；平價衣，勝無裳；拙夫愚子勝空房。」放下一切，享受沒有物質和金錢介入，最為本真的精神快樂。

美人的無奈

〈陳風．株林〉

呂珍玉

不知道多久沒踏出家門了，昨天我走在街上，聽到大家在唱〈株林〉妖姬之歌：

胡為乎株林？從夏南。匪適株林，從夏南。

駕我乘馬，說于株野。乘我乘駒，朝食于株。

真教人既難過又無奈，逃回家裡，哭了一整夜，命運之神為什麼要這樣捉弄我呢？我到底錯在哪裡？我出生於富貴之家，父親是鄭穆公，原本我是受到寵愛的公主，人又長得美若天仙，個性活潑浪漫，可以說是人見人愛，可惜這樣得天獨厚的好條件，並未給我的人生帶來幸福。小時候生長在宮中，每天和庶兄子蠻在一起讀書、彈琴、遊戲，日子過得富足又充實。青春期因為對愛情充滿幻想，兩人之間情不自禁超越了分際，父親怕家醜外揚，就命令我們結婚。可是不到三年，子蠻不曉得害了什麼病死了，我傷心欲絕。父親也不管我懷著子蠻的孩子，立刻又令我嫁給朝臣夏御叔，婚後生下子南，丈夫倒也不追究過往。可是當子南十二歲時，壯年的夏御叔不知什麼原因猝死，從此我的人生跌入地獄，再也見不到陽光。

外面對我的批評很難聽，說我是紅顏禍水，相繼剋死了兩任丈夫，還狠毒的說夏御叔是死於我的採補之術，我變成了淫蕩的狐狸精。只因為我長得豔冠群芳，就把一堆有的沒有的罪名加在我的身上。人言可畏啊！這些輿論憑什麼加諸給我這樣厚重的道德壓力，在語言暴力的攻詰下，我是如此的孤獨無助。幸好株林地處郊區，我兒夏南才華洋溢，可堪告慰。以後的日子畢竟有所依託，對於外人的閒言閒語只好由他去了。

日子在平靜中度過，但是先夫的兩個好友孔寧、儀行父老喜歡借故來家探視關心，孤兒寡母的，他們常來實有不便，我兒對此事也相當不高興，但人家一副好心，我也不好阻止他們前來。就在三番兩次的接觸下，這兩個好色之徒，竟然用下三濫的手段佔有了我，兩人還經常爭風吃醋，說一些不堪入耳的話。有一次孔寧竟然帶著陳靈公來株林，我招待他們喝酒吃飯，沒想到席間陳靈公竟然對我大獻殷勤，毛手毛腳的，低級下流不亞於那兩個臣子，從此我變成了蒼蠅爭食的美肉，忍氣吞聲周旋在他們三人之間，天地不靈，誰能來拯救我啊！

聽說不久之前昏庸的陳靈公竟然和那兩個無恥的傢伙，在朝堂上拿著從我這邊偷去的近身衣，相互戲謔炫耀，大臣洩治看不過去，婉言勸告他們，後來竟然遭到殺害。洩治因我而死，叫我將如何做人呢？現在全城的人都知道那三個人經常來株林，編了這首歌來揶揄他們：

為什麼到株林去啊？去找夏南。那些人到株林，不是去找夏南的吧！
駕著我的馬車，在株林的郊外休息；立刻又驅趕著馬車，好到株林吃早餐。

歌詞雖然是在諷刺他們，但是矛頭還是指向我，罵我妖姬呀！生為女人實在很悲哀，一切由人不由己；生為漂亮的女人更悲哀，丈夫早死是命運的偶然，就判我剋夫命、掃把星的罪名。一群好色的男人以權勢死纏著我，揮都揮不去，我還要被冠以九尾狐狸精的罵名。

我兒夏南昨天回來一臉不悅，任憑我怎樣問他，他都不回話，一個人氣呼呼的在院子裡射了整天的箭，靶心都被他射得千瘡百孔了，我有預感將要發生不幸的事，對於未來我實在不敢再多想下去。

全國的人用〈株林〉這首歌定我的罪，宣告我是紅顏禍水，而我的心聲有誰知道？從來歷史就是事情發生過後的解釋，是那些男人，史官的說詞；我既沒有自主權，也沒有發言權，更不可能為自己辯護。生長在這樣的亂世，我的美貌吸引一群男人瘋狂追逐，這哪是真正的愛情？這些男人也不會給我幸福，對這樣接二連三的騷擾，我已不勝其煩。美貌既然不是被欣賞讚嘆的，就請老天爺快快收回吧！希望以後世間美女不要像我這樣遭遇不幸。

一心一意的祈禱

〈曹風・蜉蝣〉

橘內啟吾

蜉蝣之羽，衣裳楚楚。心之憂矣，於我歸處。
蜉蝣之翼，采采衣服。心之憂矣，於我歸息。
蜉蝣掘閱，麻衣如雪。心之憂矣，於我歸說。

這首詩的詩旨，直到現在還沒有定論。有人說是諷刺詩，也有人說是嘆人生短暫的詩，說法十分紛紜，但是若撇開學術上的討論，我想根據我國學者白川靜主張是悼亡詩的說法，去閱讀欣賞它。

卸下沉重的歷史包袱，就把這首詩看作是寫一個尋常男子對愛人的專情故事吧！人生短暫如朝露，曾經相處多年的女人已經去世，只剩下他孤單一人。在悲哀中，他寫下這首詩，表達對她無盡的哀思。他將故人當作蜉蝣，神馳其衣服之美，不論死生都要相互追隨，音聲悲切，真情動人，再三允諾，如此哀淒令人腸斷！

「蜉蝣之羽」、「蜉蝣之翼」和「蜉蝣掘閱」暗示著死者的再生過程與時間流逝。視界推展到水塘中沉伏等待的蜉蝣，它將穿上潔白飄逸的薄紗，出水飛出，這好像男人等待他死去的妻子再生一樣，這樣理解詩義，和傳統說詩有極大的不同，希望這樣的聯想並未脫離文學審美。

文明人都要穿衣服，衣服可以將靈魂包裹起來，因此人死了，衣服就是他的靈魂。今日所見，法師拿著死者的衣服招他的靈魂回來，或者有人死後以他的衣冠為葬，都是出於這樣的思維。詩中男子神馳於他的愛人生前所穿的衣服，深深懷念死者，這樣的文化現象，在日本《萬葉集》裡也有的記載，例如：

吾妹子が形見の衣下に着て直に逢ふまではわれかめやも

兩個不同的國家、不同的世代，卻有奇妙的共同點，這也許是人類祈禱的原始形態，而這些想法讓我們重新發現衣服和人身上靈氣的關係，為什麼人們重視穿衣，除了外在的禮節，還有更為深刻的意涵。

看到「麻衣如雪」這個句子之後，在我的心目中，這首詩的顏色便是「白色」。這夫妻可能住在有雪的地方吧！這令我這個北海道人感覺親近，眼前浮現大雪紛飛中，一個男人孤孤單單地看著蜉蝣飛來飛去的情景，好像漫天飛雪中輕飄的薄翼，充滿了幻想的美麗和無盡傷逝的哀思。

「於我歸處」、「於我歸息」和「於我歸說」，都是同穴之盟。希望自己死後，就可以和她永不分離，白首偕老、比翼連理，這種一心一意的祈禱，是所有人對愛情和婚姻的期許，《詩經》為我們的心靈渴望和情感深層作了最為唯美的描寫，這也是《詩經》之所以為經典的原因。

第一次看到這首詩時，眼淚奪眶而出。因為不斷想到男人的悲哀、衣服的神秘、飛雪如羽的幻想情景、純粹專一的愛情等等，組合成詩的感人力量，讓人黯然流淚，可說是動人心弦的不朽詩篇。

忐忑不安的歸途

〈豳風・東山〉

林子棉

我徂東山，慆慆不歸。我來自東，零雨其濛。
我東曰歸，我心西悲。制彼裳衣，勿士行枚。
蜎蜎者蠋，烝在桑野。敦彼獨宿，亦在車下。
我徂東山，慆慆不歸。我來自東，零雨其濛，
果臝之實，亦施于宇。伊威在室，蠨蛸在戶。
町畽鹿場，熠燿宵行。不可畏也，伊可懷也。
我徂東山，慆慆不歸。我來自東，零雨其濛。
鸛鳴于垤，婦歎于室。洒埽穹窒，我征聿至。
有敦瓜苦，烝在栗薪。自我不見，于今三年。
我徂東山，慆慆不歸。我來自東，零雨其濛。
倉庚于飛，熠燿其羽。之子于歸，皇駁其馬。

親結其縭，九十其儀。其新孔嘉，其舊如之何？

讀完這首詩，雖然沒有出征過，卻也可以感受作者那種忐忑不安的心情。一開始開心可以回家，卻又害怕家已不在，變成野鹿穿梭的荒地、螢火蟲到處飛的墓地，而後又想起新婚的日子，那些冗長的細節卻歷歷在目，那時的妻子現在也不知道變成什麼樣子了？這般心情，作者竟用幾句詩句就可以完整表達，實在令人佩服，身為讀者的我深有感觸，卻說不出這種五味雜陳，竟為征行詩之名篇。作者用鹿場和螢火蟲的比喻，在我心中留下深刻的印象，原本還不懂為什麼鹿跑來跑去不好，更不瞭解有螢火蟲做伴有何不妥。後來才知道野鹿只會出現在杳無人煙之處、螢火蟲會聚集在有磷的地方（人死後骨頭會有磷會燃燒，就是俗稱的鬼火），也就是家變成荒地、墓場時，我十分的震驚，作者用這兩者將那種擔心和害怕完全展現於詩中，讓讀者能深刻感受，沒有經歷過，感觸卻好深。這部分是我最喜歡的部分。

而在生活上的，我認為很多時候感情也是這樣，真心的喜歡一個人時，每天總是等待，想到有可以跟他接觸的機會就好開心，但是想多了又怕只是自己一廂情願，其實只有自己在期待、等待吧？而後再想起之前聊天接觸的過程，很多不太會被記得的細節，因為自己的在乎而都牢牢記在腦中，不知道今天跟他會聊些什麼呢？雖然意境不太一樣，一個是思念故鄉，一個則是情感的部分了，但我想那樣不安和開心交雜的心情是相同的，等待、害怕、期待、憂慮，最後乾脆不讓自己想了，多想些什麼只會讓自己更憂愁。

喜悅而又不安，期待而又憂心受怕，征人看似無奇的歸途，在作者的描繪下，使讀者們的心裡都埋下了那麼一點不平凡。

東山圖

生命美麗的悲歌

〈豳風．東山〉

陳怡靜

我徂東山，慆慆不歸。我來自東，零雨其濛。
我東曰歸，我心西悲。制彼裳衣，勿士行枚。
蜎蜎者蠋，烝在桑野；敦彼獨宿，亦在車下。
我徂東山，慆慆不歸。我來自東，零雨其濛。
果贏之實，亦施于宇。伊威在室，蠨蛸在戶。
町畽鹿場，熠燿宵行。不可畏也，伊可懷也。
我徂東山，慆慆不歸。我來自東，零雨其濛。
鸛鳴于垤，婦歎于室。酒埽穹窒，我征聿至。
有敦瓜苦，烝在栗薪。自我不見，于今三年。
我徂東山，慆慆不歸。我來自東，零雨其濛。
倉庚于飛，熠燿其羽。之子于歸，皇駁其馬。

親結其縭，九十其儀。其新孔嘉，其舊如之何？

《詩序》：「〈東山〉，周公東征也。周公東征三年而歸，勞歸士。大夫美之，故作是詩也。一章，言其完也。二章，言其思也。三章，言其室家之望女也。四章，樂男女之得及時也。君子之於人，序其情而閔其勞，所以說也。民忘其死，其唯〈東山〉乎！」

古代的遠戍和行役，給勞動人民帶來了深重的災難和痛苦。〈豳風・東山〉乃是一篇從多個視角來寫征戰之苦的詩篇。它夾雜了征夫歸途對於戰場上艱困生活的回想、對家人的想念、對家園未知變化的徬徨……。雖是返鄉，卻以樂景寫哀；雖是想念，卻以哀景寫樂。從甜蜜的回憶中找尋生活下去的動力，卻必須和現實不斷的拉扯，反覆吟唱的是對於平凡生活的渴望，對於家國安定的嚮往。若放寬視角而論，〈豳風・東山〉中的主角——沙場征夫，除了上述的情感之外，也可解讀為對於自我價值的認知混淆、不知為何而戰的悲哀，忍痛遠離家人，回首卻不見過去熟悉的幸福所造成的哀感、對未來的不確定感到害怕、恐懼等情緒的發洩。

事實上，征夫、思婦、遊子，三者本是人們最有感觸的生命共相。處於三千年之後的我們，對於《詩經》所表現的情感依舊能有深刻的感受。將視角放寬到現代小說，吳濁流《亞細亞的孤兒》一書，深刻的表現了當代臺灣人對自我認同的混亂。他們在日本人和中國人之間游移不定的身分定位，不管到哪裡，永遠背負著被歧視、被污辱的挫折及陰影。正好也對應著〈豳風．東山〉中征夫對於家國情感的形象。除了面對外來的攻擊和侵略，也必須面對自己內心的戰爭，在人生的下一秒鐘會發生什麼巨變沒有人能告訴他們，這些人們對於生活的恐懼、家鄉的想念，是有相同的情感的，而這些情感，也表現當代所有人的生活背景和困境，因此，放在不同的年代，依然能夠引起共鳴，這就是人們的生命共相。

再說今日興盛的電影業，受到歡迎的國片《賽德克巴萊》描述一九三〇年代日治時期，因日本政府殖民統治當局對臺灣原住民壓迫式的理蕃措施，迫使賽德克族馬赫坡社頭目莫那．魯道率領族人群起反抗當地日本駐警與增援部隊，最後引發歷史上著名的原住民抗爭——霧社事件的經過。劇中對於原住民和日本人之間的矛盾情感有深刻的描繪。如受到日本教育的原住民孩童長大後變成日本警察，對於身分的認同歸屬有相當大的自我衝突，而原住民同胞面對自己的文化在日本人的統治下漸漸消失殆盡、看不到祖先們建立的傳統和守護的家園。在這樣情緒下，一群為了保衛家園的青年、壯士們決定捍衛他們的家，拿回被日本人搶走的山林和自尊，於是一場戰爭就在這樣雄心壯志、熱血沸騰之下開始了。千年之後，一樣在一塊人們所熱愛的土地上發生了一場又一場的征戰，〈豳風．東山〉詩中所述的景象，又重現在電影《賽德克巴萊》之中。

當賽德克族的戰士們結束了征戰，看見山林處處是戰爭過後的斷垣殘壁，看見族人們慘死槍下、血流成河，回想當時家中的婦女為自己編織戰袍、披上戰衣，然後目送他和孩子們到戰場去，彷彿看到當自己離開後，妻子、母親回到家中，為他們祈禱，為他們燒好一桌飯菜，等待他們能平安歸來。然而等到他們結束戰爭，回到了自己熟悉的家，卻找不到那時的溫暖。一家幸福的新婚場景還歷歷在目，卻看不到熟悉的家人。這樣的情感糾結並無可解，回到家了，卻回不去戰爭開始以前的安定、和樂。

較之〈豳風．東山〉，《賽德克巴萊》是一部用電影寫成的史詩，透過歷史事件的重現，把人們帶到刀光劍影之下，用寫實的手法以及真實故事的新翻，表現出人們對於戰爭的矛盾，表現征戰沙場的壯士們的心態和對於家園、國家、領土的情感。在在的強調了生命共相所能引起的體悟。所謂的生命共相，是不斷的發生在每一個時代，不斷的在提醒每一個世代，原來在淵遠流長的時代長河裡，也看得到自己時代的影子。

《詩經》的成書年代久遠，是中國傳統文化相當重要的一本著作和依據。它的藝術美、開創性的價值是永遠都品嚐不盡的。但在繼承寶貴的資產時，活在千年之後的我們，應該具有重新讀解，將《詩經》中的生命故事化成自己的生命內涵的能力。藝術存在的價值，應該是建立在人們有能力認識它的原貌之後，再賦予它一個全新的面貌，在每個時代都能表現它的特色和價值。

鹿鳴宴席之美好

〈小雅．鹿鳴〉

袁宛廷

呦呦鹿鳴，食野之苹。我有嘉賓，鼓瑟吹笙。
吹笙鼓簧，承筐是將。人之好我，示我周行。
呦呦鹿鳴，食野之蒿。我有嘉賓，德音孔昭。
視民不恌，君子是則是傚。我有旨酒，嘉賓式燕以敖。
呦呦鹿鳴，食野之芩。我有嘉賓，鼓瑟鼓琴；
鼓瑟鼓琴，和樂且湛。我有旨酒，以燕樂嘉賓之心。

「呦呦呦呦，呦呦鹿鳴，食野之苹。」誰在叫啊？原來是最溫馴的梅花鹿，牠們正吃著野地裡的鮮草。

在這溫馴的早上，我也好開心，因為等會兒在我們家將有一場大型的宴會，他們不僅僅是我的嘉賓，亦是我的屬下，除了宴美食、備美酒以外，還有我家的私人演奏團為他們彈奏著瑟、彈奏著琴，配合著吹奏優揚的笙簧。對了，他們應該會帶著一些禮物來給我，雖然我們家什麼都不缺，但是他們也總是很客氣，投桃報李之下，我也應該準備些禮物回饋他們才是吧！我請太太去買些可以讓他們帶回家孝敬他們父母的禮品呢！在這樣一個太平盛世下，我也以行仁政為我最高的原則，勤政愛民，更愛我的下屬們，因為沒有他們的配合，我也不會是個很棒的領導者，大家那麼喜歡我，我將會做得更好，更有智慧和氣度。

「呦呦呦呦，呦呦鹿鳴，食野之蒿。」我們家來了許多的客人，他們稱讚我們家的擺飾還有我的太太和兒女，還稱讚我說話相當的有涵養，為人有美德，縱使我們還開了許許多多的玩笑，但是我們的話題依然健康不輕薄，因為我們本是一群有涵養之人的聚會。我們互相切磋學問、聊聊生活哲理，我也有許多要向他們學習的地方，每個人不同的經歷互相交流著，一片和樂融融。這時候我拿出了珍藏好一陣子的美酒，更是大大助興，大家早就想要打開這罈醇酒，痛飲沉醉於這場美好的宴會中。

「呦呦呦呦，呦呦鹿鳴，食野之芩。」今天嘉賓們在家裡，我們聽了一場出神入化，帶我們雲遊於仙境的音樂會，這場令我們三月不知肉味的音樂，至今還餘音繞樑迴盪在我的腦際。啊！今天真的好棒喔！我們再開一瓶美酒，我要你們開開心心的享受生命的此時此刻。明天我們還要繼續為這塊土地上的人民奮鬥，海清河晏富足快樂的生活指日可期了。

買一份專屬老哥的紀念品
〈小雅．常棣〉

張芳瑛

常棣之華，鄂不韡韡。凡今之人，莫如兄弟。
死喪之威，兄弟孔懷。原隰裒矣，兄弟求矣。
脊令在原，兄弟急難。每有良朋，況也永歎。
兄弟鬩于牆，外禦其務。每有良朋，烝也無戎。
喪亂既平，既安且寧。雖有兄弟，不如友生。
儐爾籩豆，飲酒之飫。兄弟既具，和樂且孺。
妻子好合，如鼓瑟琴。兄弟既翕，和樂且湛。
宜爾家室，樂爾妻帑。是究是圖，亶其然乎。

鄭《箋》：「承華者曰鄂。……鄂足得華之光明，則韡韡然盛。興者，喻弟以敬事兄，兄以榮覆弟，恩義之顯亦韡韡然。」詩開頭以作常棣之華與其萼起興，兩者出於同枝，花要有萼相承，有著密不可分的關係，猶如手足之間的情誼，成語「跗萼載韡」便由此而生。

「死喪之威，兄弟孔懷。……每有良朋，烝也無戎。」這段正面描寫兄弟死喪、急難之際，旁人無法與手足之情相比，其相助相依之情已經建立在先天的關係上了。龍應台《大江大海一九四九》，〈棲風渡一別〉文中主角與他的二哥相依逃難至廣州，二哥為了保住家裡命脈，於棲風車站作了「兄北上，弟南下」的決定，當北上火車先到，「看著親愛的哥哥上車，凝視他的背影，心裡感覺到前所未有的孤獨。」

杜甫〈月夜憶舍弟〉，詩人因戰亂與其他三個弟弟失聯，想知道他們是否活著、過得好不好皆無從得之，於是「露從今夜白，月是故鄉明。」期盼將近的中秋佳節，能與思念甚久的家人聚首。

當人們安寧之時，還會想到自己的手足嗎？至少旅行買紀念品的時候，不太煩惱要送什麼給兄弟姊妹吧？至少我是如此，每次旅行買禮物，頭一個想到的對象不是情人便是朋友，就算是買給家人，我也不會「特別」想到要買給我哥，寫到這裡不禁慚愧了起來……下次回家得真心抱抱對我好的兄長！因為我是這麼幸運，有個疼我的手足。

後記

某次我與中國交換生談到手足的話題，由於兩岸人口政策不同，她好奇臺灣家庭通常有幾個兄弟姊妹，也隱約透露擁有手足的渴望。

中國一胎化政策使她們成為家中寶貝，亦為長輩們重點栽培對象，如此壓力便隨之而來，更令人驚訝的是，他們的寒暑假往往得回家陪父母親，一方面離家甚久，另一方面他們對父母的責任也獨自一人擔負，連出外打工都不被允許，相較臺灣年輕人，一到寒暑假除了米蟲一職，打工、旅行、參加海內外營隊活動等等，相對自由許多，我想臺灣青年能夠如此的其中一個原因：放一個手足在家陪伴父母，另一個比較有機會往外自由飛！

請親友來家吃飯
〈小雅・伐木〉

呂珍玉

《梁實秋文集・請客》說：「常聽人說：『若要一天不得安，請客；若要一年不得安，蓋房。若要一輩子不得安，娶姨太太。』請客只有一天不得安，為害不算太大，所以人人都覺得不妨偶一為之。」雖說可以偶一為之，但看他把請客和其他不得安寧的事並列在一起，言下之意，當然最好能不請客就不要自找麻煩了，但偏偏中國人最愛請客，也花很多心思在請客和回請上面。請客是一門學問，學得不好，不僅人際關係不及格，交不到朋友還不打緊，若因此得罪於人，那才是損失大矣！無獨有偶的，王力也寫了一篇〈請客〉的妙文，他說：

我曾經親耳聽見搶會了鈔的人背面罵那讓步不堅持要搶的人，說他小氣，說他卑鄙。我又曾經親耳聽見吃了人家的酒飯的人一出大門就批評主人：五溜魚只有半邊，清燉雞只有半隻，煙臭如蕕，酒淡如水，廚子烹調無術，主人招待不周！可見中國既有了搶付錢的習俗，不搶付錢竟像是私德有虧於友誼有損；又有了濫請客的風尚，不請客的固然被認為不善交際，請客如果請得不痛快，那錢也只等於白花。勿謂郇廚既擾，即盡銜恩；須防金碗雖傾，終難飽德。老饕未饜，微祿半銷！「小往大來」的請客哲學真是害人不淺！

文中生動的說出他對請客的觀感，因而他認為大多數人的請客不是目的，而是手段；不是慷慨而是權謀。請客雖是一件平常小事，但其中隱藏著大大的學問，只因請客動機、主人、客人各懷心思，把一件最單純真誠的事複雜化，這也難怪大家都不喜歡請客，也不喜歡被請了。

我國是禮儀之邦，人際關係的建立，往往在餐桌上的美食醇酒，飲食文化可說是源遠流長。《詩經》雅詩中〈鹿鳴〉、〈伐木〉、〈魚麗〉、〈南有嘉魚〉、〈南山有臺〉、〈蓼蕭〉、〈湛露〉、〈彤弓〉、〈楚茨〉、〈桑扈〉、〈頍弁〉、〈賓之初筵〉、〈魚藻〉、〈瓠葉〉、〈行葦〉、〈既醉〉、〈鳧鷖〉等詩，對於主人和客人的態度、宴客食物的準備、儀式的進行、賓主的禮節以及宴饗的深層意義等都有全面的描寫，可以從中觀察周代的宴饗文化。比較起來，《詩經》對請客的描寫，在心態上要比現代人單純許多，請客目的主要在拉近人與人間的親近和諧關係，不論主人或客人的態度都是如此慎重真誠，不像現代人多將請客視為一種交際應酬的手段。宴會的食物或場面，也多能衡量主人的身分和財力，有盛大隆重的天子鹿鳴宴、賞賜彤弓宴；有貴族親戚之間為維繫情誼的家族宴會；也有食物只是些瓠葉、兔子，粗茶淡飯的尋常燕飲，這些宴飲所注重的是賓主是否盡歡，是否合於禮節，洋溢著宴席上賓主的和樂自在。不像現代人請客那樣緊張，主人客人在吃飯的時候還要玩心理攻防；主人心裡想的是我請他吃飯，他會不會幫我？他應該也會回請吧？他會不會嫌我的菜色不夠好？還是暗地批評我太奢華？……客人的心事幾乎全被主人猜著——這傢伙請我吃飯一定有求於我，我該適時回請他，怎樣也不能白吃他的，唉！小氣鬼，明知我喜歡吃鮑魚、熊掌，卻讓我吃吳郭魚、豬腳，回請時一定要給他點顏色瞧瞧，讓他知道什麼才是真正的請客。雙方算盡心計，也難怪大家都不希望請客，或者找千百般理由拒絕被請。

現代工商科技發達，一切講求速度和成效，連吃飯也變成是一種負擔，因為多數的宴會缺少人際間最真誠的互動和關懷，然而在〈小雅．伐木〉一詩中，我們看到老祖宗想請親友來家吃飯的描寫：

伐木丁丁，鳥鳴嚶嚶，出自幽谷，遷於喬木。嚶其鳴矣，求其友聲。相彼鳥矣，猶求友聲；矧伊人矣，不求友生？神之聽之，終和且平。

伐木許許，釃酒有藇，既有肥羜，以速諸父。寧適不來，微我弗顧。於粲洒掃，陳饋八簋。既有肥牡，以速諸舅。寧適不來，微我有咎。

伐木於阪，釃酒有衍。籩豆有踐，兄弟無遠。民之失德，乾餱以愆。有酒湑我，無酒酤我。坎坎鼓我，蹲蹲舞我。迨我暇矣，飲此湑矣。

大自然的一切和日常生活息息相關，當他看到鳥兒從深幽的山谷飛到高高的大樹上，發出嚶嚶鳴叫聲，就聯想到連無情的鳥類尚且害怕孤獨，透過牠美妙的叫聲來呼朋引伴，親友間也應該經常互通情好，不能互不往來，否則關係容易疏遠。好像很久沒請他們來家吃飯了，也許可以請他們來家裡吃頓飯，大家見見面，連絡一下感情。上次心情不好，被伯父說了兩句，露出不悅之色，也該當面向他賠個不是才好。於是他決定舉辦一場盛宴。

幾天來，他一直思考古人說的「民之失德，乾餱以愆」這句話，一點都不錯啊！如果只是因為款待稍薄這些飲食細故去冒犯別人，那才真是不懂得人情練達皆文章。於是他仔細記下宴會該準備的每一件事：首先確定要請哪些親友吃飯，一定得先將家裡打掃乾淨，然後釀一甕美酒，若還不夠就上街去買，家裡養的那隻大肥羊，殺來宴客正好，還要安排樂隊演奏，排練娛賓之舞，自己雖然跳得不好，但有誠意最重要。一切都料理妥當後，他親自送帖子到親友家，還真是不湊巧，他們都剛好有事不能前來，並對自己不能應邀再三致歉，而且承諾過幾天有空一定會過來喝幾杯。

他回家後，一點也不敢鬆懈，每天數著客人光臨的日子，想像宴會時豐盛的美食，賓主互相敬酒你來我往的和諧，優揚的樂聲，自己差強人意的舞姿，賓主同樂的畫面，親友肯定會很滿意這次的盛會，大家都留下美好的回憶。

戰火下的悲哀

〈小雅・采薇〉

侯姵伃

一個小兵的生命有多少價值？是否恰如薇豆的生命？渺小、卑微。或者，根本沒人在乎薇豆的意義，亦如沒人在乎小兵的生命意義。

「采薇采薇，薇亦作止。曰歸曰歸，歲亦莫止。」戍守邊疆的寂寞士兵，孤獨地採著初生的野碗豆。單調的生活，蒼白又貧乏，看著採來的野生碗豆，就像他自身，為國家駐守此地，自生自滅。原本說好要讓士兵回家的，為何都已歲暮了，還不放行呢？「靡室靡家，玁狁之故。不遑啟居，玁狁之故。」出征的人是無法顧家的，終日為戍守而奔走，都是因為邊疆的外患啊！

「采薇采薇，薇亦柔止。曰歸曰歸，心亦憂止。」戍守邊疆的士兵，仍是過著採野豌豆的貧乏日子。看著蒼茫土地上的野碗豆，讓士兵回憶起之前上司說好能歸家的日子，那時的野碗豆才剛破土，如今野碗豆都冒出嫩芽了，為何他還無法回家？每當聽見歸家已指日可待，士兵都抱著滿心的期望等待著，但隨著日子天天過去，他們只能看見自己的青春跟著微小的野碗豆一起邁向蒼老。「憂心烈烈，載飢載渴。我戍未定，靡使歸聘。」這樣的情形，怎不教人氣憤？每次說好的期望都落空，心懸家鄉卻歸不得，怎不教人心傷？但是，既然歸不得，至少能託人代為傳個口訊，至少讓士兵知道故鄉家人的情況？可悲的是，戍守邊疆的士兵沒有定居之地，這樣漂泊的命運也使得家人無法給予慰問啊！

「采薇采薇，薇亦剛止。曰歸曰歸，歲亦陽止。」隨著時間流逝，野碗豆已長得又老又硬，一如固守邊疆的他，在此奉獻的青春從青壯邁向老年，為何還不能回家？都已經到了小陽春的日子，原本說好能放還歸鄉的，為何他還在此地？看著手中的野碗豆，他無奈、絕望，卻又無可奈何。「王事靡盬，不遑啟處。憂心孔疚，我行不來。」他身負國家賦予的責任，然而思鄉戀家的情感又矛盾地煎熬著他，即便悲痛，他卻又無力去憤怒，甚至改變不了現況。他只能將這份痛苦埋在心裡，在折磨中盼望著國難的結束。

「彼爾維何？維常之華。彼路斯何？君子之車。」雖然士兵心中充滿無法歸家的悲痛，但是憶起行軍作戰的日子，他仍是自豪的。猶記得那些淌著血汗的生活，壯盛的軍容如盛開的梨花，高大的戎車上坐著領兵的將軍。「戎車既駕，四牡業業。豈敢定居？一月三捷。」高大的戎車由高大的戰馬拉馳，他們憑著一身肝膽，在國難當前的艱苦日子裡頻繁與外族作戰。身為這威武軍容的其中一員，他們的士氣是高昂的，他們也為此感到無比的驕傲。在軍隊裡，他們不再是拿鋤頭耕田的平凡人，而是拿武器守護家園的軍人，參與戰事使他的生命有了意義，讓他感覺能夠守護其他生命的自己其實是偉大而不平凡的。

「駕彼四牡，四牡騤騤。君子所依，小人所腓。」高大的戰馬拉著壯盛的戎車，軍官在上頭指揮，士兵在戎車的掩護下衝鋒陷陣。「四牡翼翼，象弭魚服。豈不日戒，玁狁孔棘。」他們的戰馬強壯並訓練有素，武器精良而戰無不勝。到此，士兵對自己的部隊是相當自豪而滿意的，然而話鋒一轉，他們之所以天天嚴陣以待，都是因玁狁之患，邊關的形勢是讓他久戍難歸的主要原因。

對一個低位階的小兵來說，能參與優秀的部隊讓他感到榮耀與不凡，但是撇開國家的軍事行動，將個人從戰場上分離出來，其實他是厭惡戰爭的。「昔我往矣，楊柳依依。今我來思，雨雪霏霏。」個體生命在時間中存在，透過外物情境的變化，士兵深切體驗到生活的虛耗、生命的流逝及戰爭對生活價值的否定。等了半輩子的歸鄉好不容易到來，在漫漫路途中他卻感受不到一絲歡欣，他猶記得當初離鄉時的情景，那是個楊柳飄飄，離情依依的日子，那時他還年輕，飛揚的生命彷彿飄揚的柳條熱情奔放，如今那些已不復存，生意盎然的前半生到頭來只換得霏霏風雪。踏雪無痕的風景，猶如他為國家興亡而付出的大半人生，留下的只有記憶中的榮耀，現實的景象逼得他不得不看清生命的意義，是無限大？亦或無限小？「行道遲遲，載渴載飢。我心傷悲，莫知我哀。」歸鄉途中，眼前荒蕪的風景加深了他的憂傷，沉重的步伐反映著他低迷的心情。這一路行來，他回憶著戍守的艱苦日子與作戰的榮耀，然而這一路行來，王朝與蠻族的戰爭已退為背景，他深切感受到對自我生命苦樂的矛盾，可是這樣無助的心情又要向誰訴說？他知道無人可安慰他，於是最終他仍舊只能在這樣孤獨無助的悲歎中，踏著風雪回家。

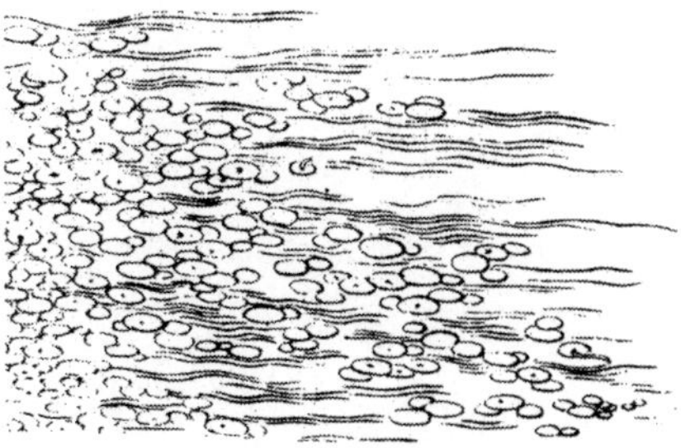

善於體會，石頭才能成爲磨玉的寶石

〈小雅．鶴鳴〉

黃守正

鶴鳴於九皋，聲聞於野。魚潛在淵，或在於渚。
樂彼之園，爰有樹檀，其下維蘀。它山之石，可以為錯。
鶴鳴於九皋，聲聞於天。魚在於渚，或潛於淵。
樂彼之園，爰有樹檀，其下維穀。它山之石，可以攻玉。

白鶴在深澤裡鳴叫，聲響能傳遍四方。
魚兒在淵海中潛藏，有時也游到淺灘。
喜愛的園林，那裡長滿了香檀，樹下也有棘木。
它山的石頭，可以當成磨玉的寶石。

白鶴在深澤裡鳴叫，響聲能直透天際。
魚兒在淺灘旁優游，有時也潛藏淵海。
喜愛的園林，那裡長滿了香檀，樹下也有楮木。
它山的石頭，可以用來琢磨美玉。

這是一首很美的詩，在閱讀的過程中，映入眼簾的文字立即成為畫面，有鳴聲幽邈的白鶴、靈動優游的魚兒、香氣芬馥的檀樹、落葉滿地的棘楮，還有映襯鮮明的美玉與寶石。這些畫面要傳達什麼意思呢？整首詩全用譬喻組成，這些譬喻看似各有喻意，但通讀全詩，又難以找到譬喻間彼此確切的因果關聯。究竟這首詩要如何詮釋呢？

詩人以譬喻創造意象，本欲人從意象中體會旨意，然而此詩各句呈現跳脫的意象搭配，反令人難解。清代大儒王夫之在《夕堂永日緒論》中，提供了一個絕妙的觀點，他說此詩「全用比體，不道破一句，三百篇中創調也。要以俯仰物理而詠嘆之，用見理隨物顯，唯人所感，皆可類通。」此詩之深意或許有其原旨，但難從詩句上討證，王夫之認為「不道破一句」反而是其特殊之處，正可隨個人生活感受去領悟，以個人生命境界來驗證。因此「唯人所感，皆可類通」，每個人都可依其心中所悟來解釋這首詩。

東漢鄭玄依照《詩序》的說法，認為此詩是「教宣王求賢人之未仕者」。希望周宣王能廣請民間賢者出仕，借以為國家盡謀效忠。唐代孔穎達《毛詩正義》又順著鄭玄的觀點闡釋：「它山遠國之石，取而得之，可以為錯物之用。興異國沈滯之賢，任而官之，可以為理國之政。國家得賢匡輔以成治，猶寶玉得石錯琢以成器，故須求之也。」基本上，這些詮釋都是以政治訴求作為詩旨，以它山之石譬喻他方賢者，求之可以匡輔朝政。

宋代理學大師朱熹《詩集傳》將此詩導以身心修養的領悟，所謂「它山之石，而可以為錯，言憎當知其善也。」當遇到一切惡事，必有其「正面意義」，要善巧的去體會它，感受惡事所賦予的「正面價值」。理學家的解詩路數，慣將詩旨會心於進德修業，此種詮釋雖別具一格，亦被後人所詬病。清代方玉潤認為：「以理語解詩，已覺腐氣難堪。」方玉潤重視詩境之美感，他認為此詩是直賦其景並非比體，若是「作譬喻看，章法雖奇，詩味反索然」。詩人心底「必有一賢人在其意中，不肯明薦朝廷，故第即所居之園實賦之。」藉由詩中之景象，「使王讀之，覺其中禽魚之飛躍，樹木之蔥蒨，水石之明瑟，在在可以自樂。」園中有賢者居住在這美好的環境，因此「即景以思其人，因人而慕其景，不必更言其賢，而賢已躍然紙上矣。」詩人透過實景之賦寫，正是要人直接感受賢者所居之境，諷諫執政者請賢者入朝為國效力。

其實，這首詩讓我體會最深的是「感悟能力的差異」。詩中四種不同的意象，可解讀成「教宣王求賢」、「言憎當知其善」、「有一賢人在其意中」，今人程俊英更說「用四種東西象徵隱士」。這幾種解釋總提醒我去思考同一個問題，就是王國維所說「以我觀物，故物皆著我之色彩」。事實上，任何的解釋都反映了詮釋者的學養背景與思惟慣性，如同《周易．繫辭》說：「仁者見之謂之仁，知者見之謂之知」。倘若如此，那麼詮釋者的「感悟」能力就顯得極其重要。一個人的靈魂觸鬚是否敏銳，才是體會「它山之石」的重要關鍵。

三島由紀夫《金閣寺》裡的一段敘述，總讓我驚艷其超乎常人的感悟能力，當他描述金閣寺頂那隻鍍金銅鳳凰時說：「這隻神秘的金鳥，不報時，也不振翅，無疑完全忘記自己是鳥兒了。但是，認為它不飛的看法是錯誤的。別的鳥在空間飛翔，而這隻金鳳凰則展開光燦燦的雙翅，永遠在時間中翱翔。時間拍打著它的雙翼，拍打了雙翼之後，時間就向後方流逝了。因為是飛翔，鳳凰只要採取不動的姿勢，怒目而視，高張雙翅，翻卷尾羽，使勁地叉開威嚴的金色雙腳站穩，就夠了。」金閣寺頂的鳳凰，在常人的眼中，或許只是威風雄壯的金鳳凰，但在三島的心中，牠卻具有神聖的象徵意義。平常會飛的真鳥，只是在空間中飛翔；金閣寺頂靜止的金鳳凰，竟是「永遠在時間中翱翔」。世間有情的生命，任誰都無法躲避時間的摧殘，但這隻金鳳凰，無視於時間的存在，振翅挺立於金閣寺頂，時間也只能隨著它的雙翼向後方流逝。日復一日，歲歲年年，牠只是保持優雅的雄姿，歷經風雨寒暑；張開炯亮的雙眼，閱盡人間滄桑。三島精銳的感悟能力，竟將無情的生命，賦予了永恆存在的價值。

「它山之石，可以攻玉」，這雖是一句名言，然而人們在看見石頭時，往往難以將它聯想成磨玉的寶石，那就更遑論磨玉的諸多感悟了。法國雕塑家羅丹說：「世界不是缺少美，而是缺少發現美的眼睛。」因此，要善於體會，石頭才能成為磨玉的寶石，你說是嗎？

中國建築風水與家庭和諧

〈小雅・斯干〉

陳采絜

秩秩斯干，幽幽南山；如竹苞矣，如松茂矣。
兄及弟矣，式相好矣，無相猶矣。
似續妣祖，築室百堵，西南其戶，爰居爰處，爰笑爰語。
約之閣閣，椓之橐橐。風雨攸除，鳥鼠攸去，君子攸芋。
如跂斯翼，如矢斯棘；如鳥斯革，如翬斯飛。君子攸躋。
殖殖其庭，有覺其楹。噲噲其正，噦噦其冥，君子攸寧。
下莞上簟，乃安斯寢。乃寢乃興，乃占我夢。
吉夢維何？維熊維羆，維虺維蛇。
大人占之：維熊維羆，男子之祥；維虺維蛇，女子之祥。
乃生男子，載寢之床，載衣之裳，載弄之璋。

其泣喤喤，朱芾斯皇，室家君王。
乃生女子，載寢之地，載衣之裼，載弄之瓦。
無非無儀，唯酒食是議，無父母詒罹。

這是一首描寫中國人傳統的建築，以及有關家庭和諧的詩。好的居家環境是可以繁育子孫，故房屋的建築很重要，因此，中國的傳統宮室設計，對一切房屋的建造都是採用一種靈活性很強的「通用式」設計，無論平面的配置、立面的安排，都是大同小異，各類建築並不完全依靠房屋本身的佈局或外型來表現性格，而多半是靠各種裝修、陳設佈置乃至命名，來構成本身應有的格調及說明它的內容與精神，並且最初住宅和其他用途的房屋是沒有多大區別的，任何性質的建築物都是由住宅發展而來，因此〈斯干〉所反映的建築風貌，可以說是那一時代貴族建築的基本風貌。

原始人的住宅是為了抗禦自然災害，獲得人身安全而建築的，是不存在什麼風水觀念問題的。風水觀是人類從自然界中掙脫出來，獲得一定程度的自由以後才逐漸興起的，它的產生與寄託人們的生活期望密切相關，房屋的主人莫不期望家人和後代子孫能平安和樂的生活。根據傳統風水觀念，所謂「好風水」即藏風聚氣的所在，亦即生氣棲息之所。故而，風水住宅的氣動佈局和環境要素的屈曲流轉，目的是為了滿足住宅主人的物質與精神追求，是使居住其中的每個生命個體獲得某種超越情懷。在這一方面，諧和生情是古代風水觀念的一個重要訴求。風水的主要精神在於強調人與自然的和諧；好的住居或墓葬，即在找尋一個適於安居或安葬的自然地形，而不是去大肆改變自然。中國人信仰風水已有數千年的歷史，從其原始動機而言，主要就在於追求一個理想的環境。換句話說，傳統中國人的風水信仰，本質上是對一個理想環境的追求，這樣的想法，從古迄今並未有太大的改變。而中國風水思想之所以流傳如此久遠，是有其堅厚的社會文化基礎，在風水儀式中，祖先與子孫之間除去表現一個家族成員間互惠關係外，同時更表現親子關係中的疼愛／依賴，也就是子女對父母予取予求的態度，這毋寧是一般常情自然表現。

〈斯干〉是《詩經》中的名篇，《詩序》說是祝頌周宣王的宮室落成之詩。詩的內容勾畫宮室的地理環境，住家的選擇是面山臨水，松竹環抱，形勢優雅，位置優越再加上兄弟們和睦友愛，而主人建築宮室，是由於繼承祖先的功業，因而家人居住此地更加快樂，也造福子孫。至於建築宮室一事本身描述，採取由遠及近、由高向低、由外及裡的特殊視角，先描寫建築宮室時艱苦而熱鬧的勞動場面，又寫宮室建築得是那麼堅固、嚴密，接著連用四個比喻，極寫宮室氣勢的宏大和形勢的壯美，對宮室外形進行了精雕細刻的描繪。宮室的外形是宏壯像大鳥舉翅，彩簷像雉雞飛升；宮室本身的堂室情狀：「殖殖其庭」，室前的庭院那麼平整；「有覺其楹」，前廈下的楹柱又那麼聳直；「噲噲其正」，正廳是寬敞明亮的；「噦噦其冥」，後室臥室則稍微昏暗，主人居住其中自然十分舒適安寧。最後說明主人入居此室之後將會寢安夢美，「大人」所占美夢的吉兆，預示將有貴男賢女降生。生男，「載寢之床，載衣之裳，載弄之璋」並預祝他將來一定有崇高的地位，為一家之主，一國之君；生女，「載寢之地，載衣之裼，載弄之瓦」對她毫無期待，凡事不批評，不發表個人意見，只要談論飲食之事，不要讓父母操心就好。因此，小孩出生之後性別的不同，從安排讓他睡的地方、穿的衣服、把玩的器物等不同，就可以看出父母對兒子、女兒的期待不同，教育方式也不一樣不同。這種男尊女卑的傳統思想，在我國文化中根深蒂固。

一段無怨無悔的反饋旅程
〈小雅・蓼莪〉

闕寶霓

孝順，是一條無怨無悔的反饋旅程，為父母守「三年之喪」，看似無理、荒誕的守喪，箇中有其道理在。「烏鴉有反哺之恩，羔羊有跪乳之義」，在動物身上就能見到的孝道，人更應該好好發揮，其實孝順是一種本能，就如同父母對兒女的養育。

總有無奈的是「樹欲靜而風不止，子欲養而親不待」，想要感謝父母，想要好好孝順父母，但是父母卻不在了，要好好珍惜可以侍奉父母的任何時候……。

近來噩夢纏身，睡夢中總有搶眼的燈光、巨大的碰撞聲、碎裂一地的玻璃……，其實這都不算什麼，最令人發毛的是，還有淒淒慘慘哀嚎著我的名字的聲音，低沉的嘶吼加上尖銳的哀叫，實在不寒而慄。

「多久沒回家看看爸媽了？有這麼忙嗎？」電話那頭的無奈與諷刺，像幾百支針不停的扎在我身上每一個地方。唉！煩不煩啊！家裡大大小小老老少少不是靠我？沒有我，下個禮拜，你們能踏上往歐洲的旅程嗎？公司事情又一堆……「好啦！我不是不想回去啊！很忙啊！」一次又一次，從週末到下個週末，下個月再下個月，的確是我沒有信守回家的承諾，但是我真的很累。

無父何怙，無母何恃。出則銜恤，入則靡至。父兮生我，母兮鞠我。拊我畜我，長我育我；顧我復我，出入腹我。欲報之德，昊天罔極！

天啊！這是什麼夢，《詩經．蓼莪》都來了，怎麼會作這種奇怪的夢？奇怪的詩句是來提醒我該回家嗎？我又不是不回去了，算了，明天就回去送爸媽搭飛機了啊！給我一晚好眠好嗎？

仍是噩夢一場驚醒，疲憊的身心靈，這是否是壞預兆？要取消爸媽的歐洲旅程嗎？算了，這種夢境說出來只會被姊姊嘲笑吧，我想我也是想太多了。

看著手術燈熄滅，我心裡一百萬個忐忑，緊握的手掌，一直到指甲深陷皮膚，那一下的痛，才讓我鬆手，我看著姊姊，開口對姊姊說了夢的內容，姊姊的眼神從震驚轉為無奈、再從無奈轉為平靜，她拍拍我的肩膀，往醫院走廊的盡頭走去，身影慢慢消逝，我看見爸媽出現在姊姊的身邊，他們說好了一起回頭，給我一個刻骨銘心的微笑……。

蓼蓼者莪，匪莪伊蒿。哀哀父母，生我劬勞。蓼蓼者莪，匪莪伊蔚。哀哀父母，生我勞瘁。缾之罄矣，維罍之恥。鮮民之生，不如死之久矣。無父何怙，無母何恃。出則銜恤，入則靡至。父兮生我，母兮鞠我。拊我畜我，長我育我；顧我復我，出入腹我。欲報之德，昊天罔極！南山烈烈，飄風發發。民莫不穀，我獨何害！南山律律，飄風弗弗。民莫不穀，我獨不卒！

我翻翻高中的國文課本，想起讀著〈蓼莪〉時老師曾經的哽咽，回想起當時，我還堅定的在心裡許下承諾，絕對不會讓爸媽打電話來催我回家。

一片葉子飄落，我無法走上反饋的旅途，因為我已經失去幸福……。

放下肩上的重擔吧！

〈小雅．無將大車〉

呂珍玉

有人說《詩經》主憂，唐詩主情、宋詞主愁，這個看法概略的勾勒出我國不同朝代文學作品的情感特徵。的確在《詩經》中有不少篇章描寫知識份子的憂患意識，如〈邶風．柏舟〉的仁而不遇、〈鄘風．載馳〉的閔宗國顛覆、〈王風．黍離〉的傷時憂思、雅詩中〈十月之交〉、〈雨無正〉、〈四月〉等詩的憂亂、〈小旻〉、〈巧言〉的憂讒……詩人透過文字呈現生活在現實社會中，無法規避的種種痛苦與煩憂。在籠罩憂愁氛圍的詩篇中，詩人也不忘提示我們如何去解放生活中的艱辛和憂苦。〈唐風．蟋蟀〉勸勉人應及時行樂，〈山有樞〉則告誡人要適度的享受物質生活，這些從生活經驗中的體認，是十足珍貴的智慧。〈小雅．無將大車〉中，詩人對於一般人「生年不滿百，常懷千歲憂。」更體貼的說出他心中的不忍與勸勉：

無將大車，祇自塵兮。無思百憂，祇自疧兮。

無將大車，維塵冥冥。無思百憂，不出于熲。

無將大車，維塵雝兮。無思百憂，祇自重兮。

如何描繪那些身負重責大任，無所不憂的人呢？詩人推大車走在馬路上，必然會揚起蔽天塵土，把自己搞得灰頭土臉，來將他形象化。太多煩憂，也只是徒增自己的不安，成為沉重的包袱，甚至因憂心而生病。詩人勸人若不能拉動大車，千萬別勉強，要適時學會釋放。在〈齊風・甫田〉詩人也同樣溫婉勸告一位懷憂遠人的人：

無田甫田，維莠驕驕。無思遠人，勞心忉忉。

無田甫田，維莠桀桀。無思遠人，勞心怛怛。

婉兮孌兮，總角丱兮。未幾見兮，突而弁兮。

一個人所能承受的憂煩有限，就好像種大田一樣，如果能力不夠，照顧不來，田裡只會長出雜草，而無收成。確實如詩人所說啊！一個人若心中有太多煩憂，如何能靜下來面對困難？唯有放寬心，人生的舞臺才能開闊。

儒家文化強調知識份子應以天下為己任，先天下之憂而憂，後天下之樂而樂，要能夠思居、思外、思憂，成為社會典範。現今社會競爭激烈，加在每人身上的職責更為繁重，面對來自各方的壓力，許多人無法承受，於是罹患精神疾病的人愈來愈多，甚至有些人因此想不開而自殺。

柳宗元曾寫過一篇寓言〈蝜版傳〉，說蝜版因為不自量力，看到什麼東西都往自己的背上堆放，不知不覺之中，背上愈堆愈多東西，遠遠超過它的體力所能負荷，結果它被壓垮了。這首詩亦勸人要量力而為，世事不能圓滿是客觀規則，人如果對所有的事情都要操心煩憂，不僅於事無補，還會因為過慮而傷身。詩人憐憫世人憂苦，要人心靜如水，不染纖塵，唯有放下，才能心寬，心一寬人生舞臺自然也就開闊了，千萬不要庸人自擾。

《聖經》上說：「應當一無掛慮，只要凡事藉著禱告、祈求，帶著感謝，將你們所要的告訴神。」《心經》上說：「心無罣礙，無罣礙故，無有恐怖，遠離顛倒夢想。」達賴喇嘛以西藏諺語勸人：「能解決的事，不必去擔心；不能解決的事，擔心也沒用。」法鼓山聖嚴法師提倡「心五四運動」，其中四它：「面對它，接受它，處理它，放下它。」勉勵大眾遇到人生困境時要勇敢面對，不要逃避，接受它的考驗，盡全力去處理，若無能力處理，則坦然放下它，畢竟已經努力過了。不論基督教或佛教，對於解決人生煩憂之事，都提出殷切的觀照與主張，即便使用的方法不同，但都重視人們的身、心、靈健康。學界有人把《詩經》和《聖經》相提並論，確實《詩經》中存在不少詩人對於人情事理深刻的體認，從〈大車〉、〈甫田〉等詩中，我們看到詩人告誡我們過於煩憂無濟於事的觀點，這樣的智慧，也普遍的出現在不同宗教的教義之中，《詩經》果真是一部能傳之久遠的經典！

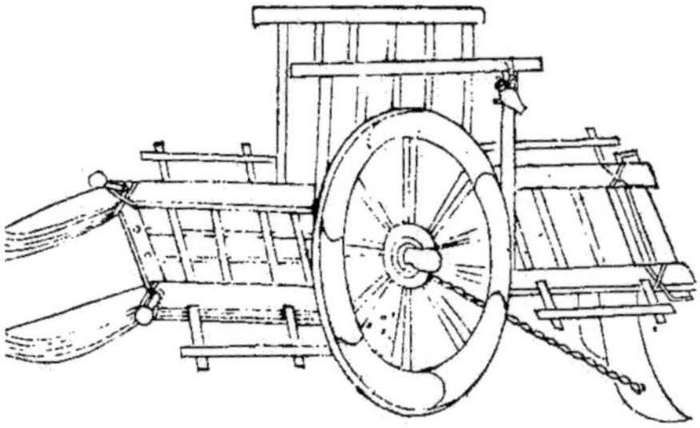

酒後亂事多
〈小雅・賓之初筵〉

王柏豫

賓之初筵，左右秩秩，籩豆有楚，殽核維旅。酒既和旨，飲酒孔偕，鐘鼓既設，
舉醻逸逸。大侯既抗，弓矢斯張，射夫既同，獻爾發功。發彼有的，以祈爾爵。
籥舞笙鼓，樂既和奏，烝衎烈祖，以洽百禮。百禮既至，有壬有林，錫爾純嘏，
子孫其湛。其湛曰樂，各奏爾能，賓載手仇，室人入又。酌彼康爵，以奏爾時。
賓之初筵，溫溫其恭，其未醉止，威儀反反。曰既醉止，威儀幡幡，舍其坐遷，
屢舞僊僊。其未醉止，威儀抑抑，曰既醉止，威儀怭怭。是曰既醉，不知其秩。
賓既醉止，載號載呶，亂我籩豆，屢舞僛僛。是曰既醉，不知其郵，側弁之俄，
屢舞傞傞。既醉而出，並受其福，醉而不出，是謂伐德。飲酒孔嘉，維其令儀。

凡此飲酒，或醉或否，既立之監，或佐之史。彼醉不臧，不醉反恥。式勿從謂，無俾大怠。匪言勿言，匪由勿語，由醉之言，俾出童羖。三爵不識，矧敢多又。

宴會喜慶、朋友聚會，總少不了「酒」，不僅現在是這樣，幾千年前的《詩經》時代裡也是如此，「酒」能紓緩人們緊張的情緒，能拉進人與人之間的距離，更能使原本安靜的場面熱絡起來，但是若不能加以節制，飲酒過量反而會引起不可收拾的事情，這首詩的作者即是在諷刺與告戒這種狀況。

這首詩大致是這樣講的：

古時候，活動會場擺滿了餐具，餐具裡裝滿了好多美味的食物！賓客們井然有序的入席就座，大家邊啜飲著美酒，邊欣賞著典雅的音樂，場面十分和諧融洽。箭靶裝置完成之後，射手們選配好自己的對手，準備比賽射箭，輸的人要被罰酒，展現射箭技術後，祭禮開始了！大家準備豐富的禮品，在莊嚴的音樂伴隨之下，向偉大的祖先祈求多子多孫多福氣，然後眾賓們又開始愉快的表現他們精良的射藝，連主人也加入他們的行列，大家在和樂的氣氛下相互敬酒。

現在的狀況常是如此，眾賓們在聚會剛開始的時候，雖然儀態敬慎溫和，但美酒一杯接著一杯，毫不克制的喝，大家身體搖搖晃晃，開始坐不住了，接著竟然離開座位跳起舞來，表現出酒醉輕浮不莊重的態度，甚至大吼大叫，把餐具弄得亂七八糟，跳舞跳到帽子都歪了，場面一片混亂，一旁的酒監也控制不住。大家都不知道喝醉之後做出的事是多麼糟糕，醉言醉語是多麼的荒唐可笑，反而把沒喝醉當作是可恥的事情，喝了三杯就已經快要不省人事了，怎麼敢又再互相勸酒呢？

清代學者方玉潤認為這首詩先舉出古代聚會時的狀況，飲酒是配合著「射祭大禮」，而喝酒也要有喝酒時須注意的禮節，但當時詩人看到的現狀卻是大家喝酒毫無節制，常常喝到爛醉，儀態全失，做出一些違背禮節損害德行的事情，作者古今兩相對照以顯出差異性，達到諷諫的目的。

欣賞完這首詩讓我聯想到前陣子媒體瘋狂報導的一則新聞，藝人和他的朋友們喝酒喝到爛醉，回家時搭計程車竟因為一點小事就出手將司機打到重傷住院，雖然最後做錯事的人哭哭啼啼的向傷者家人道歉，但是仍免不了法律的制裁，嚴重的是在往後人生中留下一塊又黑又大的污點。

「酒後亂事多」！《弟子規》裡有言：「飲酒醉，最為醜。」喝酒雖然快樂，但仍要有所節制，不能忘記該有的儀態禮節，不可被酒精麻醉而做出不該做的事，說出不該說的話而犯下大錯，千年前詩人殷切的告誡真是一點都沒錯啊！

小皇帝的徬徨

〈周頌．閔予小子〉

呂珍玉

父王在牧野之戰大敗商紂，建立周朝後，黽勉朝政，積勞成疾，兩年後不幸病逝。那年我姬誦才十三歲，還是個懵懂無知的青少年，就被擁立為我國歷史上第一位小皇帝，從此我就得告別安逸無憂的童年生活。在不久之前還有父王、母后的保護，還有兄弟姐妹的陪伴，突然間我就要以成熟懂事的姿態面對眾人，這讓我感到特別的孤獨害怕。

父王剛過世，我以「成王」登基即位，國人期許我完成王業，對一個小孩來說真是不可承受之重，從此我變成了萬人之上的周天子，可是我什麼禮儀都不懂，更別說是處理複雜的朝政了。隆重的繼位大典過後，依慣例我要率領著家人和朝臣祭祀祖廟，面對祖父和父親，我誠惶誠恐的祭告：

閔予小子，遭家不造，嬛嬛在疚。於乎皇考！永世克孝。念茲皇祖，陟降庭止。維予小子，夙夜敬止。於乎皇王！繼序思不忘。

我用未曾有過的嚴肅口吻說道：「唉！我是多麼可憐啊！年紀還小，就遭遇父親病逝，今後我是如此的孤獨無依，令人憂病啊！我偉大的父親武王，終身能行孝道。我所思念的祖父文王，他的神靈既來往於朝庭。我姬誦也一定要恭謹行事，傳承祖父和父親的王業。」在眾人的見證下，我的祭告詞其實是宣示、是承諾。完成了這場大典之後，一切才剛開始。

天下初立，父王還有許多志業尚未完成，尤其是分封在外的諸侯，還有商紂王的兒子武庚和東方那些小國，一副蠢蠢欲動的樣子。幸好有足智多謀、處事幹練、決策明快的四叔周公旦攝政，承擔朝中大小事務。他曾經輔佐父王討伐商紂，制禮作樂，倡導敬德愛民，使我周朝步入安定，功勳顯著。原本他的封地在魯國，但因為輔佐父王，而留在朝中不就封。聽朝中大臣說，在父王病重時，他曾經祈禱神靈以自己替代父王，但不知是真是假？父王病危將我託負於他，說真的，有他在身邊，我很安心，但我還是很怕他。

我看他經常一飯三吐哺，一沐三握髮，恭敬以待賢者，朝中大臣受到感動，也多能為國盡心盡力。四叔對內提倡教化，鞏固政局；對外監控諸侯，安定四方。他夙興夜寐操勞國事，在許多重要場合，也要我從旁觀摹學習，即便我又累又煩，也不能藉口開溜。

他律己甚嚴，對我的管教更是超高標準。除了身教之外，還禮聘全國最好的老師來教我讀書，並讓堂弟伯禽陪我讀書。有時候我難免玩性不改，倒霉的伯禽就得替我擋下老師的教鞭。我很敬畏一絲不苟、做事嚴謹的叔叔。只能趁他外出的時候，像脫韁野馬般痛快玩樂；或者睡睡懶覺，不讀書寫字；或者享受一下美食佳餚，甚至和下人打打鬧鬧，解放一番。有一次我怠惰沒讀書，無法回答他的問題，吃飯時又剩下一大盤食物，他很生氣的搬出祖父文王、父親武王勤儉愛民的遺訓，寫了〈無逸〉這篇文章訓斥我，讓我知道祖先立國的不易，深怕我不能繼承先人的德業；好像我是個好逸惡勞，奢侈浪費的敗家子一樣。又有一次我和弟弟叔虞在花園梧桐樹下玩耍，突然一陣清風襲來，吹落幾片桐葉，我順手拾起一片，當成封地賜給弟弟，我在朝中看過這種賜禮，也想經驗一下當天子賞賜大臣的那種權力和威嚴。這件事被他知道了，狠狠的罵了我一頓，告戒我君無戲言，不可以兒戲態度，隨便頒賜國家名器。日常生活中像這類事情經常發生，每次他都會給我機會教育，我在戒慎恐懼下慢慢成長。

很不幸的是，我的其他幾位叔叔：管叔、蔡叔、霍叔，對於周公旦叔叔掌握朝中大權，難免嫉妒不平，常常提醒我要小心他的野心，認為遲早有一天，他會取代我的王位，我也很徬惶到底應該聽誰的？人言可畏，四叔畏懼流言，遠走東方避禍，直到有一天我打開金滕，看到裡頭裝的是他祭禱祖先，要以自身替代病危父親的祭告文之後，我才恍然大悟，慚愧自己對他長期以來的猜疑，痛哭流涕的把他從東方迎回朝中。後來管叔、蔡叔竟然聯合紂王之子武庚和奄、徐、薄姑等東方一些小國發動大規模的叛變，四叔處在內憂外患，跋前疐後的困境中，經過三年的戡亂，終於平定了亂事。

我曾經懷著恐懼不安即位，幸賴周公旦叔叔攝政，穩定天下。一個徬徨的小孩，隨著歲月的流逝而成長，叔叔內聖外王，敬天保民的典範，將是我未來行事的標竿準則。

美好的豐年祭

〈周頌‧豐年〉

呂珍玉

民以食為天，經過辛勤耕耘，作物成長豐收，有個好年冬，是令人歡欣慶賀的事，如此就不必擔心來年的食物，這也難怪世界各民族都特別重視豐年祭。人們透過各種不同的祭祀儀式、歌舞，來表達對上天、土地、祖先的感謝，對於看不見的神靈，懷有敬畏之心，並藉此慰勞自己一年的辛勞，聯繫親族的感情，應是人類文化共同的深層思維。

臺灣民間常見農作豐收後祭拜土地公習俗，有時還以演戲方式來謝神庇佑，形成地方習俗，每到節慶之日，家人親友會聚，熱鬧非凡。豐年祭對阿美族原住民來說更是最重要的祭祀儀式，通常在每年七、八月農作物收成後舉行，儀式分為準備、迎靈、宴靈、送靈等慎重又神祕的過程，每年都吸引大批遊客擠進花東縱谷參與這場盛會。大家分享牲禮祭品，欣賞阿美族人曼妙獨特的歌舞。他們透過豐年祭展現族人慎終追遠、部落團結、祈求豐產、解除厄運之類的美好願望。在這樣一個迷人又充滿歡欣的祭典中，他們和神靈交流，得到神靈的允諾，於是可以充滿信心面對將來，因此豐年祭對他們而言意義非凡。

其實豐年祭的源頭應上溯到周代，周的始祖后稷發明農耕、稼穡，被封為先嗇之神，奠定周代以農立國的基礎。〈大雅・生民〉寫他傳奇的出生，教民種植百穀，農作物豐收後還祭祀上帝等神靈。《詩經》中有不少詩篇描述農耕、收成與祭祀，如〈國風〉有〈七月〉、〈小雅〉有〈楚茨〉、〈信南山〉、〈甫田〉、〈大田〉、〈周頌〉有〈思文〉、〈臣工〉、〈噫嘻〉、〈豐年〉、〈載芟〉、〈良耜〉等篇，這些農事詩展現周代農業的全貌——耕作面積、農具、農時、農作物、農耕方法、農業制度、……豐收祭祀等等豐富的內涵。〈周頌・豐年〉：

豐年多黍多稌，亦有高廩，萬億及秭。為酒為醴，烝畀祖妣，以洽百禮。降福孔皆。

到了秋收的季節，大地一片金黃，每個人的臉上充滿喜悅。歷經一年的辛勞耕耘，黍、稻豐收，一座座高大的穀倉裝得滿滿的，禾把成千上萬的數都數不清有多少了。拿一些稻米和包穀來釀清酒和甜酒，好在祭祀時進獻給祖先，以合於繁多的禮儀，期望祖先能降下福祿吉祥。這首詩只有短短的七句話，卻寫盡了豐收的歡欣，準備祭品的用心，對祖先的慎終追遠，對未來美好生活的期待，樸實的說出了人們內心最原始的追求。周人豐年祭的「百禮」到底包含那些儀式？詩中並沒有詳細說明，我們今天很難具體瞭解，大概和現今阿美族豐年祭的隆重儀式不相上下吧！尤其是愉快的歌舞娛神娛人，應該是最吸引人的吧！阿美族有一首〈美好的豐年祭〉（李坤城作詞）

美好的部落豐年祭，
讓我們來歡樂歌頌吧！
感謝那山川日月星，
讓我們來盡興跳舞吧！
糯米酒那個盛滿滿啊！
稻香酒再來一杯吧！兩杯吧！
有檳榔那個有香菸啊！
齊聚一堂
啊！三杯吧！五杯吧！呵……

AMIS.INA在唱歌，
獻給那海洋和土地吧！
都市的孩子快回來，
為我們生命來許願吧！
……
……

周人在舉行豐年祭時應該也是這樣唱歌跳舞的吧！我看到了不分時空、種族同樣的心理過程和祈求，〈美好的豐年祭〉歌會一直傳唱下去，不論我們走到哪裡。

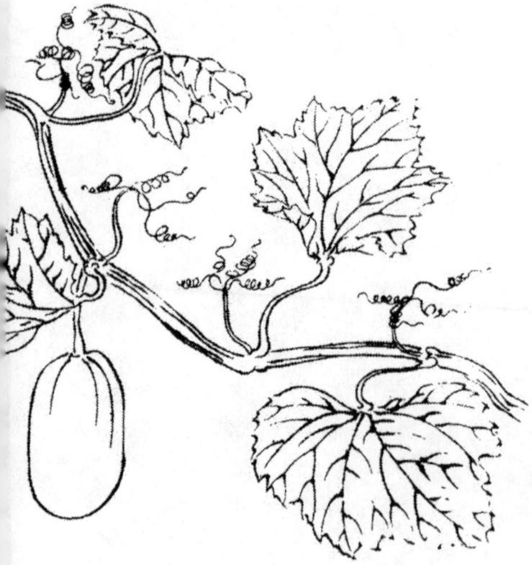

文化生活叢書·藝文采風 1306002

閱讀詩經

主　　編　呂珍玉
責任編輯　游依玲

發 行 人　陳滿銘
總 經 理　梁錦興
總 編 輯　陳滿銘
副總編輯　張晏瑞
編 輯 所　萬卷樓圖書(股)公司
排　　版　浩瀚電腦排版(股)公司
印　　刷　百通科技(股)公司
封面設計　斐類設計工作室

發　　行　萬卷樓圖書(股)公司
臺北市羅斯福路二段 41 號 6 樓之 3
電話 (02)23216565
傳真 (02)23218698
電郵 SERVICE@WANJUAN.COM.TW
大陸經銷
廈門外圖臺灣書店有限公司
電郵 JKB188@188.COM
香港經銷
香港聯合書刊物流有限公司
電話 (852)21502100
傳真 (852)23560735

ISBN 978-957-739-762-1
2014 年 3 月初版三刷
2012 年 10 月初版
定價：新臺幣 320 元

如何購買本書：
1. 劃撥購書，請透過以下帳號
帳號：15624015
戶名：萬卷樓圖書股份有限公司
2. 轉帳購書，請透過以下帳戶
合作金庫銀行 古亭分行
戶名：萬卷樓圖書股份有限公司
帳號：0877717092596
3. 網路購書，請透過萬卷樓網站
網址 WWW.WANJUAN.COM.TW
大量購書，請直接聯繫，將有專人為您服務。(02)23216565 分機 10

如有缺頁、破損或裝訂錯誤，請寄回更換

國家圖書館出版品預行編目資料

閱讀詩經 /呂珍玉等著.
-- 初版. -- 臺北市 : 萬卷樓, 2012.10
面 ; 　公分. -- (文化生活叢書)
ISBN 978-957-739-762-1(平裝)

1.詩經 2.文集

831.107　　　　101016166